Für farage
Iselin, die
immer sehr
zuvorkommend.

Ganz herzlich

Ursina

10. 10. 14

Ursina Gehrig
Sitzt der Hut?

Ursina Gehrig

Sitzt der Hut?

Eine Erzählung

Portmann Verlag

Copyright © 2014 by Ursina Gehrig

Alle Rechte, auch die der Übersetzung, vorbehalten.
Ohne ausdrückliche, schriftliche Genehmigung der Autorin dürfen
weder das Buch noch Teile daraus in irgendeiner Form kopiert,
vervielfältigt oder auf elektronische Speicher übertragen werden.
Zitatauszüge sind nur mit vollständiger Quellenangabe erlaubt.

Lektorat: Martina Gyger, Meilen
Herstellung und Verlag: C. F. Portmann, Erlenbach, www.cfportmann.ch
Gestaltung: Designers' Club, www.designersclub.ch
Gedruckt auf säurefreiem, chlorfrei gebleichtem Papier

ISBN 978-3-906014-23-4

Inhalt

- 7 Noch da
- 14 Immer den Säntis vor Augen
- 31 Welcome to Flüelen
- 35 Der Stummfilm
- 48 Die Ratte
- 63 Eine Lektion
- 66 Der Mausbiss
- 75 Kosmetik im Salon Grieder
- 80 Der schwebende Lift
- 83 Auf in den Süden
- 96 Aus Detroit: *Immer Dein Ueli*
- 100 Warten
- 109 Das Diner
- 119 An der Bahnhofstrasse
- 122 Die Bohemiens
- 129 Zwei seltene Gäste
- 137 Bitte nicht stören!
- 141 Das Porträt
- 145 Ein Brief aus England
- 151 Bälle
- 153 Eine Nacht auswärts
- 157 Die Spürnasen
- 163 Totenglocken
- 165 Als Abschluss zur Kirche
- 172 Komm mit!
- 176 Ich bin ein Löwe

Noch da

Klara nestelt an ihren Trainerhosen, zieht die Hosenbeine höher und höher, so dass die Waden zum Vorschein kommen, an denen es kaum noch Muskeln gibt. Ihre Wangen sind eingefallen, die Augen müde. Eine Frau setzt sich vor Klara hin, ihr zugewandt, nimmt einfach an, Klara erwarte und schätze ihre Gesellschaft. Andere reden mit sich selbst, gehen von Zimmer zu Zimmer auf der Suche nach ihrem eigenen, zwei reden miteinander ohne Hörapparat und verstehen sich nicht, ein Ehepaar verzieht sich ins Fernsehräumchen, und sie bleiben, solange es ihnen gefällt. Es wird gegrüsst und gewinkt und dreimal gute Nacht gewünscht. Katzen spazieren zwischen Rollstühlen und Betten herum, Kanarienvögel gucken aus ihren Käfigen, die hoch oben von der Decke herunterhangen.

Frau Kaufmann, Frau Boll, Frau Rippstein, Frau Beutler und Frau Heusser teilen den Alltag mit Klara auf der Etage, die einen können noch reden, aber das Gehen ist ihnen beschwerlich geworden. Frau Beutler fehlt das halbe Bein. Sie habe es in der Schwingtür eingeklemmt, als sie gedankenlos ihrer Katze nachgelaufen sei. Erhalte nun schon zum zweiten Mal innert zwanzig Monaten eine neue Prothese verpasst, müsse deshalb jede Woche zweimal mit dem Behindertenbus in ein anderes Stadtquartier gefahren werden. „Macht nichts", meint Frau Beutler. Im

Gegenteil, denk ich mir, ist vielleicht eine willkommene Abwechslung. Wenn die Prothese sitzt, sieht man Frau Beutler aufrecht herumgehen, als ob nichts wäre. Hat sie die Prothese aus irgendeinem Grund nicht an, bewegt sie sich behende im Rollstuhl fort, zum Beispiel zum öffentlichen Telefon im Parterre, wo sie mit aufgesetzter Brille im Stadtzürcher Telefonbuch blättert und eine Nummer sucht. Ihr privates Telefon steht neben ihrem Bett.

Ich schaue mich im Viererzimmer um: Drei sind es nebst Klara, meiner Mutter, die hier im Jahre 1994 zusammenwohnen, sich dann und wann recht laut unterhalten, als seien sie alle schwerhörig. Es wird allseits bedauert, dass die Vierte im Bunde am Gespräch nicht teilnehmen könne. Klara hat die Sprache verloren, verfolgt aber mit den Augen recht munter, was um sie herum geschieht. Gut, dass die Einerzimmer alle besetzt waren, als sie ins Heim eintrat.

Wieder fällt Frau Beutler durch ihr zielstrebiges Verhalten auf. Sie hält ihren Beinstumpf auf das Fensterbrett, lässt kühle Abendluft durch den geöffneten Fensterflügel herein und zählt dabei dreimal halblaut bis fünfzig. Dann nimmt sie den Beinstumpf behutsam vom Sims herunter und fährt im Rollstuhl zu ihrem Bett, wo sie dem Stumpf einen Strumpf überzieht. „Genug durchlüftet", sagt sie, „nun soll mein Restchen Bein schön warm haben." Doch bald schon wiederholt sie das Luftbad und beginnt von vorn mit lautem Zählen, während ihre Nachbarin unaufgefordert in den

Gang hinausgeht, um eine Pflegerin zu holen, die mir über Klaras Befinden Auskunft geben könne.

Auch wir verlassen das Zimmer, gehen durch den Gang zur Halle, in der die Mahlzeiten serviert werden. Einmal blicke ich in Augen, die Frau Widmer von der Molkerei des Quartiers gehören könnten, in der wir in Jugendjahren einkauften. Das Personal verneint, aber ich bleibe in Frau Widmers Molkerei, sehe sie vor mir, wie sie die schweren Käselaibe aus dem Keller heraufholte. Auch im Laden herrschten kühle Temperaturen, so sah Frau Widmer immer etwas durchfroren aus, ihre Hände waren blau angelaufen. Das gehörte zu ihrem Geschäft. Ob Tilsiter oder Gruyère, sie schmelzen mir noch heute auf der Zunge.

Zwei neueingetretene Patientinnen befinden sich im Stadium der Unruhe, die vorbeigehen wird, wenn sie nicht vorher sterben, doch dafür besteht bei dieser Krankheit, deren hervortretende Merkmale das Vergessen und Verstummen sind, wenig Gewissheit. Vorzeitig dahingegangen ist die Frau mit den aufgeschwollenen Füssen, die sie nicht mehr trugen. Oft in Gespräche mit einer Besucherin vertieft, verweilte sie beim Nachmittagskaffee in der Halle. Sie trug eine Brille mit dicken Gläsern, die sie intellektuell aussehen liess. Wenn der Gast gegangen war, steuerte sie den Rollstuhl bis vor ihr Zimmer, öffnete die Türe, rollte hinein und zog diese an einem Bändel lautlos hinter sich zu. Sie tat es so behende, es war jedesmal ein stilles Vergnügen, ihr dabei zuzuschauen.

In ihr Zimmer ist nun ein Ehepaar eingezogen, ein Mann, der in seiner Wohnung einmal hingefallen und liegengeblieben sei, so dass man ihm nahelegte, zusammen mit seiner ständige Überwachung benötigenden Gattin ins Heim einzutreten.

„Sie kommen häufig", meint die Ärztin, der ich über den Weg laufe.

„Alle drei Wochen. Ist das denn viel?"

Sie nickt, und ich gestehe: „Es tröstet mich, wenn ich sie wiedersehe. Sie leidet nicht."

Die schwersten Jahre liegen hinter uns. Am 21. Januar 1993 schrieb ich in mein Tagebuch:

Noch da
Was machst du, Mama? Wo steckst du, Papa?
Beide noch auf Erden, aber verschollen.
Zwar kann ich euch sehen, wenn ich will.
Grad jetzt, sofort, per Zug und Tram zu euch
fahren, euch halten, küssen, umarmen, in eure Augen
schauen. Kommt die Botschaft durch?
Sind wir dann zusammen, oder gibt es gar kein Zueinanderkommen mehr?

*

Ich lege meinen Kopf in Klaras Schoss, worauf ihre zarten Hände meinen Nacken streicheln. Dann hebe ich den Kopf und bin in ihrer Blickrichtung, so muss sie mich doch erkennen! Ich erfasse ihre

Hände, erwidere ihren Klammergriff. Ein Gefühl dringt durch, von Tochter zu Mutter, aber schon löst sie den Griff wieder. Eine Pause tritt ein. Ich drücke meine Wange an die ihre, küsse sie, Klara küsst zurück. Gott sei Dank, das wäre wieder in Ordnung, einmal glaubte ich, damit sei es nun auch vorbei. „Tschau, nun gehe ich." Sie hat nichts dagegen, reckt sich auf ihrem Stuhl hoch, wenn ich ihr aus ein paar Schritt Distanz noch einmal zurufe und zum Abschied winke. Als sie noch in ihrem Haus lebte, fragte sie: „Kommst du wieder?" Nie fordernd, vielmehr als Einladung: Ich freu mich, dich wiederzusehen.

*

Schlag elf macht sich ein Herr mit Stock und Hut, ein Hund an der Leine, auf den Weg. Geht die steile Letzistrasse hinauf, biegt in die Langensteinenstrasse ein und steht wenige Minuten darauf vor der Türe des Pflegeheims Irchelpark, die sich elektronisch öffnet. Den Hund lässt er draussen warten. Bald einmal wird ihn die Ärztin auffordern, den Hund hereinzunehmen, ein schönes Tier, und wie sie sehe, gut erzogen und zutraulich. „Wir geben uns alle Mühe!", entgegnet sein Meister scherzhaft. So viel Zuvorkommenheit lässt ihn federnd, fast hüpfend durch die Hallen gehen, seine weit über achtzig gäbe man ihm nicht. Der klare Blick, die präzise Sprache!

Wenn er einer Pflegerin begegnet, grüsst er sie mit Namen, ist stets zu einem Spässchen aufgelegt.

Sieht man ihn mit Klara am Arm durch den Korridor des Pflegeheims auf- und abgehen, verkürzt er seine Schritte, passt sie denen seiner Frau an. Bemerkt nicht, dass Klara einseitig einknickt. Entsprechend seiner Lebensmaxime baut er eine tägliche Steigerung von ein paar Gehminuten ein, bis die Ärztin dringend davon abrät. Am Mittagstisch begehrt Klara auf, schüttelt seine Hand von sich ab, die er immer wieder auf ihren Arm legt, während er ihr das Essen eingibt. Ist ihr Ehemann, ihr Ueli, der Klara fremd geworden?

Er besucht seine Frau täglich, es sei denn, ein alter Bergkamerad oder Clubkamerad hole ihn ab für eine Wanderung in die Umgebung von Zürich, über den Albis, auf den Uetliberg oder zum Katzensee, wo er Wälder, Wiesen und Pfade und auch ein paar gute Gasthöfe kennt. Wird er von seinen Töchtern oder seinem Sohn zum Essen eingeladen oder in die Ferien mitgenommen, verzichtet er ebenfalls auf Klara. „Ich brauche diese Tage, um auszuspannen", sagt der schlanke alte Mann, der aufrecht steht und geht, nur manchmal ein wenig schwankt und gleich darauf sein Gleichgewicht wiederfindet.

Monate verstreichen. Keine Besserung, keine Verschlechterung von Klaras Zustand. Oder etwa doch? Ich suche ihren kleinen weisshaarigen Kopf im grossen Bett. Die Knie in Seitenlage hochgezogen, fast bis zum Kinn, blickt sie mich mit grossen Augen an, ergreift meine vorgestreckte Hand, schluckt die Worte ungesagt hinunter, fast so wie früher, wenn sie ihren Ärger hinunterschluckte, weil sie sich vor der eigenen offenen Sprache fürchtete. Jetzt kommen quälende Gefühle in mir auf.

Ich lasse sie meine beiden Hände betasten, festhalten, wegschieben und wieder aufnehmen, lasse sie mit der Halskette spielen. Ihre Hände, fein wie Kinderhände, haben nichts von ihrer Beweglichkeit verloren. Sie brächten noch einiges zustande, könnten sie geführt werden.

Ich streiche Klara übers Haar, bürste es, und bald öffnet sich für kurze Momente auch das rechte Auge der Bettlägerigen, das bis dahin das Licht scheute. So geht man aufeinander ein, so hat man noch ein bisschen etwas voneinander, nicht wahr, Mama, du Allerliebste.

„Buchwald", flüstere ich ihr zu. Sie schaut auf, haucht ein „Ja" und erlischt wieder.

*

Immer den Säntis vor Augen

Der Buchwald im Frühling, wenn der Boden noch aufgeweicht ist, die ersten Schneeglöcklein spriessen lässt – der Buchwald im Sommer, wenn die Sonne unbarmherzig auf den Steilhang brennt und es am schönsten wäre, unter dem Pflaumenbaum zu sitzen und zu träumen – der Buchwald im Herbst, wenn die Äpfel fallen, die Birnen am Spalier gelb schimmern, das Vieh tiefe Tretlöcher in die gerupfte Wiese stampft, Knäuel schwarzer Mückenschwärme in der Luft hängen, die Arbeit in Wald und Feld für kurze Zeit ruht und der Dachdeckermeister vom Buchwald noch alle Hände voll zu tun hat, bevor der Winter kommt, um Häuser zu decken, Dächer zu flicken.

Eine Arbeitskraft mehr muss her. Zwei Gesellen gehören bereits zum Betrieb, sie teilen sich die Kammer über dem Tenn. Klaras Mutter richtet für den Neuankömmling, ein Deutscher, der Franz heisst, die Dachkammer her, die schönste Kammer des Hauses, weil von stattlichen Ausmassen und deren Holztäfer mit hellblauer Ölfarbe gestrichen ist.

Aufrecht balanciert Vater Daniel auf den Ziegeldächern. Keine Beklemmung, nein, Stolz erfüllt Klara, noch ein Schulmädchen, wenn sich seine Gestalt hoch oben gegen den Himmel abzeichnet. Sperriges Material bearbeitet er in seiner Werkstatt, Buddick genannt, die unter der Stube liegt. Fünf dünne Tannenholzschindeln spaltet er mit dem scharfen Beil und gezielten Schlägen aus einem Scheit in seiner Hand. Dass da nie etwas daneben ging! Seine Hände greifen in Brennesseln und räumen Wespennester aus.

*

Klaras Vater wollte den Säntis sehen, wenn er zu Bett ging, er schob die Vorhänge zurück. Es machte ihm nichts aus, wenn der Mond in sein Gesicht schien, Klaras Mutter aber störte es. Sie war klein und zierlich, mit einer schlanken Appenzeller Nase, die im unteren Drittel eine leichte Krümmung aufwies. Ein Zeichen für Eigenwilligkeit? Ihr Schneideratelier mit der Tretnähmaschine hatte sie in der Stube aufgeschlagen, das Bügelbrett war aufgeklappt, das Bügeleisen stand im Rohr des eingefeuerten Kachelofens bereit. Für Anproben bat sie die Kundinnen in die Nebenstube. Die fertigen Kleider lieferten ihre drei Mädchen ins Haus, die Weg und Steg und jede Abkürzung kannten.

Ihre Jugendzeit war zu Anfang des zwanzigsten Jahrhunderts. Aus kleinen Fenstern, die ihrerseits durch Sprossen unterteilt waren, schauten die drei Mädchen auf das Dorf hinunter, das zu ihren Füssen lag. Im Hintergrund erhob sich das Säntismassiv und diesem vorgelagert ein Hügelland mit sammetigen Wiesen. Zuoberst auf jedem Hügel stand ein einsames Bauernhaus, das über allem thronte. Spiegelbilder ihres eigenen Bauernhauses mit steilem Giebeldach und angebautem Ökonomieteil aus Stall, Heustock, Tenn und Hof. Bloss nicht so einsam wie die gegenüberliegenden Gehöfte stand der Buchwald, näher beim Dorf, bei der Wirtschaft *Rose* und dem Schiessplatz, er war auch nicht der höchstgelegene, es gab weitere Bauernhäuser über ihm, und alle trugen und tragen heute noch Flurnamen.

Im gedeckten Hof floss Quellwasser in den Brunnentrog. Hier fanden die Waschtage statt, hier stand der kupferne Kochkessel. Eine Wäscheschleuder wurde erst Mitte des Jahrhunderts angeschafft. Schon früh lernten die Mädchen im Buchwald die Wäschestücke an die Leine zu hängen, die der Vater vor dem Haus aufgespannt hatte: Küchentuch neben Küchentuch, die Schürzen Saum an Saum, so dass es ordentlich aussah, wenn die Leute auf der steilen Strasse bergan gingen und zum Buchwald hinüberschauten, der so stolz dastand mit den auf die Giebelfassade aufgemalten Ortswappen.

Samstag war Putztag. Da wurden die Kupferpfannen einer gründlichen Reinigung und Politur unterzogen, zuerst die Pfannenböden mit Zeitungen und Sand vom Russ befreit, darauf mit einem Lappen und einem speziell von der Mutter gemischten Wässerchen zum Glänzen gebracht, dann auch die gelben Messingknöpfe am Holzkochherd so poliert, dass man sich darin spiegeln konnte. Bei der grossen Frühlingsreinigung half Josefa. Sie kam aus Haslen im katholischen Innerrhoden zu Fuss gute zweieinhalb Stunden Weges. Im Jahre 1597 hatte sich der Kanton Appenzell in zwei Halbkantone geteilt, nach einem Glaubenskrieg, der bis in Klaras Tage nachhallte, denn sie sagte bei Gelegenheit verhalten, aber doch hörbar: „Alle Katholiken lügen."

*

Hundert Hühner, so viele gackerten auf dem Buchwald. Einem jungen Hahn, der für die Pfanne gefragt ist, dreht der Vater den Hals um. Drängt ihn ins Tenn, schliesst das Tor und knack, alles geht ganz rasch. Manchmal brutzelt auch ein anderer Braten im Ofenrohr, der als Kaninchen ausgegeben wird. Doch wenn darauf ein Katzenfell am Draht hängt, weiss Klara Bescheid. Keinen Bissen hätte sie hinuntergebracht, hätte man ihr die Wahrheit gesagt, der Vater dagegen rühmt im Nachhinein das besonders zarte Fleisch der Katze.

Alle paar Wochen werden Klara und Emma geheissen, dem Krämer in Sankt Gallen Eier zu bringen. Sie gehen zu Fuss über die Anhöhe Schäflisegg und dann den langen Weg in die im Norden gelegene Stadt hinunter, jede mit einem geflochtenen Tragkorb voller Hühnereier auf dem Rücken. Am Nachmittag steht der Rückweg an, und würden die Mädchen nicht von ihrer Tante Anna zu Apfelwähe und Schlagrahm in ihr schönes städtisches Esszimmer eingeladen, käme ihr

Gang nach Stankt Gallen, im Sommer barfuss, einem Bussgang gleich. Klaras Freundin Anni, die Arzttochter, hat keine Hornhaut an den Füssen. Immer wieder zieht es die Tochter des Dachdeckers in die Villa des Dorfarztes, in der die Wände mit geblümten Tapeten bezogen sind. Auch von der Raumhöhe ist Klara angetan. Im Buchwald muss der Vater den Kopf einziehen, wenn er durch die Türen geht.

*

Klara nimmt die Abkürzung, klettert über den Holzzaun der Bodenmanns. Sie ist ein Schulmädchen mit zwei mageren blonden Zöpfen. Die eine Bodenmann, den Hof führen zwei Schwestern, jagt erst ihren Appenzeller Sennenhund, ihren Bläss, hinter Klara her, dann erwischt sie sie selbst und zieht sie an den Zöpfen. Was nicht rechtens ist: „Solange das Gras nicht hoch steht, darf man durch Wiesen gehen", belehrt Klaras Vater nächstentags die Bäuerin.

Im Schulzimmer verbirgt sich das Mädchen vom Buchwald hinter Hilde, wenn ihr die Antwort nicht einfällt. Klara befürchtet, von der Lehrerin blossgestellt zu werden. Da sie weiss, dass Fräulein Brägger ledig ist wie die Schwestern Bodenmann, richtet sie fortan ihre Abneigung gegen all jene, die man im Dorf alte Jungfern nennt.

*

Rascher, als es Klara lieb ist, wächst das Gras in der steilen Halde, der Heuet steht an. Im Morgengrauen kriecht Vater Daniel aus den Federn, steigt auf zum oberen Grenzzaun und mäht hangabwärts. Unten angelangt, dengelt er das Sensenblatt, geht ruhigen, gleichmässigen Schrittes den Steilhang hinauf und setzt die Sense wieder an. Bei Sonnenaufgang treten Mutter und Töchter als Zetterinnen hinzu. Es sieht luftig und leicht aus, wenn die Halme von ihren Heugabeln bis über ihre Köpfe fliegen, braucht aber kräftige Arme. Die Stoppeln stechen in die nackten Füsse, und alle paar Schritte tritt Klara auf eine Schnecke, sie fühlt sich weich an. Lieber nicht hinschauen.

Am Mittag wird gewendet, am Abend, wenn die Sonne richtig niedergebrannt hat, eingebracht. Auf den Schultern des Vaters gelangen grosse struppige Wuschelköpfe über die Leiter auf den Heustock. Er sinkt ins Heu, ein von der Anstrengung gerötetes Gesicht schaut unter der Kapuze hervor. Die trockenen Halme stechen und kratzen auf der Haut, wenn Klara mit nackten Beinen und Armen auf dem Heustock die Haufen verteilt. In den Sonnenstrahlen, die durch das hochgelegene Scheunenfenster einfallen, tanzen abertausende Stäubchen, und im hohen Giebel fliegen Schwalben.

Unter ihrem Strohhut läuft Klara rot an, die Lippen werden blau, ihr Atem stockt, sie ringt nach Luft. Im Schatten eines Apfelbaumes bleibt sie sitzen und wartet, bis die Krise überstanden ist. Dem Vater konnte nicht entgehen, dass sich Klara überanstrengt hat. Er bespricht sich am Stammtisch in der *Rose* mit seinen Freunden aus Feuerwehr und Schiessverein. Einige geben sich als Kenner aus und wollen wissen, dass Schwäche ein Anzeichen für Eisenmangel sei und dieser mit Schwindsucht im Zusammenhang stehen könnte, die man später Lungentuberkulose nennen wird. Andere fragen: „Drückt sie sich vor der Arbeit, denkt zu viel an die Burschen? Oder ist sie eitel und will keine Schwielen an den Händen und keine Sommersprossen auf der Nase haben?"

Klara freut sich auf den Herbst, wenn eine junge Kuhherde im Buchwald einzieht. Abends, wenn bloss das Malmen der Wiederkäuer zu hören ist, geht sie in den Stall, streicht dem einen über das feine rosarote Schnauzfell bis zur Stirn hinauf und hält zwischen den rauhen Hörnern inne, wiegt beim andern die grosse Ohrmuschel in der Hand oder greift ins faltige Halsfell.

Nur in den kalten Nächten oder zum Fressen kommen die Pfauen von ihrem Hochstand auf dem Giebeldach herunter und streuen da und dort eine ihrer schönen, schillernden Federn, die die Mutter auf die Hüte ihrer Schneiderkundinnen appliziert oder die Mädchen ihren Klassenkameradinnen mitbringen.

*

Wenn die Männer zur Forstarbeit aufbrechen, liegt eine feierliche Stimmung über dem Buchwald, die tagelang anhält. Klara sieht man die Strasse hinantrippeln, als ob sie es eilig habe. Warmer Braten, Brot, Käse und Äpfel sowie eine Thermosflasche mit heissem Tee hat die Mutter in den Rucksack gepackt. Die mit glühenden Kohlenstücklein gefüllten und immer leicht rauchenden Handöfelchen haben bequem in ihren Fäusten Platz. Diese eisenverzinkten kleinen Dosen sind seitlich geschlitzt für die Frischluftzufuhr und den Rauchabzug. Dank einer doppelten Wand werden sie nie brennend heiss und behalten über Stunden eine angenehme Speicherwärme, die an den klirrend kalten Wintertagen von den Holzfällern geschätzt wird. An einer abschüssigen Waldstelle wird das geschlagene Holz zu Tale geschleift. Schon hört sie die Stimmen der Männer, das Hü und Hoo, mit dem das Pferd dirigiert wird, das Stürzen einer mächtigen Tanne. Manchmal ist das Treiben so wild, als liefen die Männer um ihr Leben, als gelte es, mit dem Gejohle und Gerufe böse Geister zu vertreiben.

*

Durch ein Loch in den Eisblumen schaut der trübe Tag ins Haus. Klaras Fingernagel kratzt das Eis von der Scheibe. Sie kann lange am Fenster sitzen, wenn die Schneeflocken wirbeln. Wie anders wäre ihr Leben, wenn sich hinter dem weissen bewegten

Schleier ein Nichts verbärge, kein Dorf, keine Hügel, kein Säntismassiv, keine Leute, die mit ihr das Leben teilten. Es ist ihr, als schwebe sie mit den Flocken in die Unendlichkeit der Welt hinaus. Ein Gefühl von Sterben, von Todesnähe? Lösen sich die Grenzen auf? Würde sie irgendwann mit solchen Gefühlen aus der Welt gehen?

Klara gibt sich einen Ruck, wäscht sich am Abwaschtrog in der Küche und wärmt die Finger über dem Holzkochherd. Das Kaffeewasser beginnt zu brodeln. Mit dem Feuerhaken entfernt sie zwei Ringe einer anderen Kochstelle und schaut in die Flammen, die ihr Gesicht erhellen und erhitzen.

Das Züglein von Sankt Gallen bleibt auf der Strecke, der Ausläufer der Metzgerei Ilge mit den Siedwürsten und Salam (Cervelats) im Rückenkorb wird nicht auf den Botengang geschickt. Der Wind fräst tiefe Verwehungen in den meterhohen Schnee vor dem Küchenfenster, das auf die Bergseite hinausgeht. Der Vater schaufelt die Eingänge frei, die Mädchen holen die Schlitten hervor. Schlitteln bleibt Klaras Winterfreude, und wie sie in die Kurven liegt!

Am Sonntag spannt der Vater den Bernhardinerhund vor den Hornschlitten und begleitet die Mädchen in die Ebene hinunter. Alle drei sitzen auf, winken dem Vater adieu, und Barri setzt sich in Trab. Die Reise geht zur Grossmutter in Speicher. In Grossmutters Mercerieladen, in dem die Mädchen fürs Leben gern herumstöbern, wird Klara vom Onkel bedrängt.

„Barri!", ruft sie, so laut sie kann, und schon trottet er heran und erlöst sie aus ihrer heiklen Lage, stellt auch keine peinlichen Fragen, hat nichts gesehen und plaudert nichts aus. Nur der Mutter gegenüber wird Klara etwas andeuten und fortan gegenüber dem Onkel auf der Hut sein.

Auf Barri ist auch Verlass, wenn er allein den Buchwald bewacht mitsamt dem Hühnerstall, den Pfauen, den Gänsen und dem Vieh, mit Mutters Schneiderlohn, der in einer Pillendose liegt. Der Vater trägt seine Einkünfte auf die Bank und hat schon einige Grundpfandbriefe, sogenannte Zettel, gekauft, die Zins tragen. Wenn Post von der Appenzeller Kantonalbank eintrifft, sitzt er lange und still vergnügt über dem Schreiben.

Etwas Handgeld hat Vater Daniel in der Schlafkammer versteckt, und vor dem Spaziergang an einem Feiertag mit der Familie bis Schäfliseggg oder Bad Sonder, wo man einkehrt, steigt er in die Kammer hoch und füllt seinen ledernen Geldbeutel nach. Der andere, etwas kleinere Lederbeutel, der ebenfalls mit einer gezwirnten Schnur zugezogen wird, enthält dunklen Tabak für sein Pfeiflein. In die Westentasche steckt er einen Rösslistumpen, nimmt Stock und Hut. Die Mutter setzt sich ein schwarzes Hütlein aus locker geflochtenem Stroh auf, die Mädchen schlüpfen in ihre Kleider aus weisser Sankt Galler Spitze.

*

Keine der drei Töchter ist dem Appenzeller Dorf treu geblieben. Sie schwärmten aus, machten die neue Mode mit den Bubiköpfen und dem französisch angehauchten Beret zu ihrer eigenen, trugen Riemchenschuhe mit Karreeabsätzen, wie sie in den 1920er-Jahren aufkamen, und zeigten viel Busen in tiefen Ausschnitten. So posieren sie auf alten Fotos.

Emma, die Erstgeborene, heiratete den Sohn einer Winzer- und Wirtefamilie aus der Bündner Herrschaft.

Klara, im Sternzeichen des Löwen geboren, worauf sie Wert legte, hatte ein Ziel vor Augen: hinaus in die grosse, weite Welt.

Bertha, die Jüngste, hatte Pech, sie blieb ledig. Sie wurde Blumenbinderin bei Blumen-Sauber am Zürcher Bellevue, hatte stets aufgeschwollene, von den Rosendornen verstochene Hände und schwärmte von Nelken aus der italienischen Riviera del Ponente. Von den holländischen, die neu in den Markt einbrachen, hielt sie nicht viel. Mit dem Geschäftsführer Lohner, stadtbekannt für seine Blumendekorationen, focht sie viele Kämpfe aus. Liess er sie ihre Kompetenzen nicht ausspielen? Dabei hatte sie doch in Sarnen, Kanton Obwalden, eine klassische Blumenbinder-Lehre gemacht, und es gab in Zürich sehr illustre Kunden, die nur von ihr bedient werden wollten. Klara mochte ihre Klagen nicht mehr hören. Es kam unter den Schwestern ein Leben lang zu geheimen Stössen, die man sich gegenseitig zwischen die Rippen gab.

Bertha war als junge Frau mit dem Fahrrad gestürzt und hatte sich eine Basis-Schädelfraktur zugezogen, die sie in eine dreiwöchige Bewusstlosigkeit fallen liess. Spätfolgen waren epileptische Anfälle, so einmal an einem Sonntagabend in den vierziger Jahren auf dem Bahnhofplatz von Zürich. Plötzlich lag Bertha auf der Traminsel neben dem Escherdenkmal am Boden und schlug um sich, mitten in den vielen Leuten, die vom Zug kommend auf die schmale Traminsel drängten. Es entstand eine grosse Aufregung, bis das Krankenauto eintraf.

Als sie gegen fünfzig ging, war sie wie verwandelt, strahlte und lachte und redete fortwährend von ihrem Carlo. Doch dann hörte man, Carlo brauche Geld und er zähle auf sie, worauf ihr der Schwager Ulrich riet, sich das gut zu überlegen. Die Romanze ging zu Ende.

*

Emma war erst in zweiter Ehe glücklich geworden. Ihr erster Mann sei abends nicht nach Hause gekommen. Warum? Etwas musste daran schlimm sein, verrieten mir Emmas flüsternde Stimme und ihr Augenaufschlag, ich war achtjährig. „Er hat getrunken", gestand die Tante, „ein guter Mensch, doch leider krank."

Mit dem zweiten Gatten, einem Posthalter, so alt wie ihr eigener Vater, kam sie zu einem friedlichen Familienleben, das ihretwegen noch viel länger hätte dauern mögen. Sie überlebte ihren Mann um fünfundzwanzig Jahre. Ihr Vermögen war das Chalet Daheim mitten in Thusis, in dem sie Zimmer an Bähnler der Rhätischen, an Pöstler und Lehrlinge vermietete. Darunter war auch einmal ein Zürcher Zahnarzt, der sie sonntags in seinem Citroen auf eine Ausfahrt durch den Schynpass oder durch die Viamala bis Andeer mitnahm – ein Hochgefühl in den frühen fünfziger Jahren. Beim abendlichen Geschirrtrocknen in der grossen Bündner Küche wurde gesungen. Wir Nichten lernten von den Pensionären in den Ferien Mal für Mal besser jassen.

„Kannst du auch so gut nähen wie Klara?"

„Nein", sagte die Tante.

„Warum nicht?"

„Weil nur Klara als junges Mädchen ein halbes Jahr lang der Mutter beim Schneidern ausgeholfen hat. Sie musste sich von ihrer Krankheit erholen. Weisst du das denn nicht?"

Nein. Bloss in Andeutungen hatte Klara darüber geredet. Ein zweites Tabu kam durch Emma auf den Tisch.

*

Es erwischt Klara, als sie aus der Fremde heimkehrt. Im Welschland hat sie einen Haushalt selbständig geführt. Trotz Heimweh und ständiger Angst, der

Hausherr könnte sich Übergriffe erlauben, hielt sie durch. Es war ihr Ehrgeiz, mit einem anständigen Französisch heimzukommen.

Zurück im Buchwald, nimmt sie ihre berufliche Zukunft in die Hand, besucht Kurse in Buchhaltung und Korrespondenz und schleppt sich abends mit Mühe die steile Strasse hinauf. Ihre Lungen sind angegriffen, sie hustet Blut, mag nicht essen, leidet auch nachts unter Atemnot. Die Mutter wacht an ihrem Bett, hält ihr die Hand, stützt ihren Rücken bei den Hustenanfällen. Ihr Dorfarzt schickt sie zur Kur auf eine Anhöhe über dem Luganersee in der italienischen Schweiz: Agra.

In ihrem späteren Leben hauchte Klara die vier Buchstaben dann und wann bei besonderen Gelegenheiten, lüftete das Geheimnis aber nie ganz. „Dort gab es feine, kultivierte Menschen", sagte sie tonlos, wenn jemand judenfeindliche Bemerkungen machte.

„Agra?" Ich wurde neugierig.

„Ich war noch jung, als ich nach Agra zur Kur musste."

„Was für eine Kur?", bohrte ich weiter.

„Das weisst du doch, ich hatte Lungenspitzenkatarrh. Wir mussten liegen, viel liegen an der frischen Luft."

Erst jetzt begann ich, einen Zusammenhang zwischen dieser Krankheit und Klaras lebenslanger Lungenschwäche herzustellen. Ihren Ruhepausen beim Bergaufgehen. Wenn die Sonne niederbrannte, war sie noch rascher erledigt. Im Val Mingèr bei S-charl, Unterengadin, blieb sie, mit blauen Lippen nach Luft ringend, im Schatten einer Arve einfach sitzen.

*

Wir hätten doch Agra auf unseren Herbstreisen nach Italien kennenlernen können. Oder wollte Klara ihrem Mann, der sich nie für dieses Thema interessierte, einen Umweg nicht zumuten? War sie darauf bedacht, das Geheimnis Agra, das ihr eine neue Welt eröffnete, für sich zu behalten? Gab es einen weiteren Grund?

Ich weiss, Agra wird nur noch eine leere Hülle darstellen, als ich mich im Jahr 2006 auf den Weg mache. Über die Ausfahrt Lugano-Sud und die Collina d'Oro erreiche ich Agra, wo mich Mariana erwartet, die mit der Vergangenheit der Klinik vertraut ist. Wir schlüpfen durch eine Lücke im Zaun mit dem Vermerk *proibito*, verboten. Gehen durch dürres Gras. Das mehrstöckige alte Gebäude schaut uns tür- und fensterlos an. Schöner kann kein Palast in der Landschaft stehen, auf einem Geländevorsprung, flankiert von sanft abfallenden Weinbergen. In der Tiefe schimmert der Luganersee, der den Hügel, auf dem wir stehen, von drei Seiten umfängt: Morcote, Ponte Tresa, Melide. Sonne von früh bis spät, angeblich die sonnigste Terrasse der Schweiz. Im Rücken des in der Längsachse mehrmals gebrochenen Bauwerks steigt ein gemischter Kastanienwald empor, an dessen Rand eine schattige Gartenloggia aus Holz sichtbar wird, Teil der gedeckten Liegeterrasse. Hier also lag die junge Klara wochenlang. In der Mittagsruhe fand die Liegekur unter Schweigen statt. Sie liess sich von der lauen Luft umfächeln, die den Hang hinaufkriecht. Vielleicht lag Janosch neben ihr.

„Ist Ihre Mutter gesund geworden?", fragt Mariana.

„Ja." Meine Antwort kommt spontan, nicht das geringste Zögern. Ich bin meiner Mutter für ein paar Atemzüge ganz nah, durchleide ihre Atemnot, ihre Todesängste, geniesse das befreiende Gefühl ihrer Erholung.

Wir schreiten durch hohe, säulengestützte Säle hinter bogenförmigen Fensteröffnungen, die auf eine Loggia hinausgehen. Mariana streckt die Hand aus: „Sehen Sie das Häuschen dort unten? Man nannte es Heiratstempelchen, *tempietto di fidanzamento*. Natürlich wurde davon Gebrauch gemacht." Wieder eine Wegmarke. Hätte Klara dort unten geheiratet, gäbe es mich nicht als die, die ich bin. Ein leiser Schwindel befällt mich.

Seit dem Jahr 1969 steht die Klinik still. Der ganze Ostflügel, die Eingangspartie, ist eingestürzt, es bröckelt. Das Sanatorium wurde im Jahre 1913 von einer deutschen Stiftung, die auch die Davoser Heilstätten betrieb, auf Brachland errichtet. Kein Protzbau, seine Architektur wirkt klassisch, streng gegliedert wie ein

Universitätsinstitut. Die Patienten kamen von überall her. Hat Klara 1923/24, als sie hier zur Kur weilte, dem deutschen Aussenminister Gustav Stresemann oder dem Dichter Gerhard Hauptmann die Hand gedrückt? Professor Sauerbruch nahm in der Klinik bahnbrechende Operationen vor, pumpte Luft zwischen Zwerchfell und Lunge (Pneumothorax), brach Brustrippen aus, um einen ganzen Lungenflügel zu entfernen.

Jemand steckte Klara ein Buch des Philosophen Sören Kierkegaard zu: seine Tagebücher. Wenn bei Tisch darüber verhandelt wurde, blieb sie stumm, abends dachte sie über alles nach. Ihr erstes Konzert hörte Klara in der Klinikhalle, die Pianisten Edwin Fischer und Wilhelm Backhaus traten auf.

Sie war begeistert, wurde umschwärmt, liess sich auf Spaziergänge in den Kastanienwald begleiten, die nach den ersten drei Wochen strenger Liegekur gestattet waren. Janosch, ein tschechischer Geiger, war Jude. Klara liebte und verehrte ihn.

Dass ein Jahrzehnt nach Klaras Kuraufenthalt die Klinik Agra zum Sitz einer nationalsozialistischen Ortsgruppe wurde, musste Klara derart entsetzt, ja erschüttert haben, dass sie beschloss, nie wieder einen Fuss auf das einst so geliebte Gelände zu setzen. Im Jahre 2009 wurde das Sanatorium wegen Baufälligkeit abgebrochen.

*

Welcome to Flüelen

Am Landesteg Flüelen herrscht Betrieb. Der Raddampfer *Wilhelm Tell* aus Luzern wird erwartet. Eine junge Frau am Pier überschlägt ein letztes Mal in Gedanken die Anzahl Betten, die Gedecke, die sie im Urnerhof hat bereitmachen lassen. Das Schiff hat angelegt. Sie winkt, und auf Deck schnellen hundert Arme in die Höhe. Die Taue werden ausgeworfen, die Passerelle hinuntergeklappt und Klara ruft: „Welcome to Flüelen!"

Flüelen. Kein vergessenes Nest am Ende der Achsenstrasse, Flüelen ist in der ersten Hälfte des zwanzigsten Jahrhunderts der weltbekannte Flecken am Urnersee, von dem man zu den berühmten Sehenswürdigkeiten der Alpen aufbricht. Alle vierzehn Tage reist in der Sommersaison eine Gruppe englischer Touristen an. Die junge Frau am Steg wird die vornehmen Gäste an der Table d'hôte gediegen bewirten, wird sie per Bahn zur Schöllenenschlucht und per Postkurs durch das Urserental zum Gletscherloch des Rhonegletschers mit dem blau schimmernden Sommereis begleiten: *to the gorge of Schöllenen and to the Rhone glacier.*

Ihr Englisch hatte Klara als Kindermädchen bei Littowers in London gelernt, die ihren einzigen Sohn der Obhut der Schweizerin anvertrauten. Als der kleine Davis an Scharlach erkrankte, was medikamentös nicht behandelt werden konnte, wurde er von Klara gepflegt. „Ich wusste", erinnert sie sich, „er würde die Krankheit überwinden, wenn ich meine ganze Kraft und Hoffnung in den Jungen steckte!" Davis kam davon und wurde später Dirigent. Es sollte nicht das einzige Mal bleiben, dass sie einem zwischen Leben und Tod schwebenden Kind auf die Beine half. In den Wintermonaten liessen Littowers den Londoner Smog hinter sich und verreisten an die italienische Riviera. Klara lernte die Suiten auf der Belle Etage eines Palasthotels kennen und sass beim *five o'clock tea* mit den Herrschaften unter den Kronleuchtern der Hotelhalle.

Die Patrons im Urnerhof von Flüelen kennen ihren Einsatz, ihre Zuverlässigkeit, ihr frisches Auftreten und wollen sie in dritter Folge für die nächste Saison wieder unter Vertrag nehmen. Als ihr der Hotelierssohn Avancen macht und gar formell um ihre Hand anhält, bleibt sie ihm eine Antwort schuldig. Sie weiss, dass es zu ihrer Zeit, Anfang der dreissiger Jahre, weniger Stellen als Anwärter gibt und will es sich nicht nehmen lassen, ihren Marktwert zu erproben. Doch so weit sollte es nicht kommen.

„Trinken Sie mit uns ein Gläschen!", rufen zwei junge Bergsteiger mit Dreitagebart bei halboffener Türe in ihr Büro. Besonders der eine, dunkelhaarig, männlicher Typ, wohl ein Draufgänger, wie Klara vermutet, redet ohne Unterlass, macht ihr Komplimente, für Klara fast zu ungeniert.

Die Bergsteiger kommen wieder, und der Wortführer tritt noch selbstsicherer auf, lässt sich von Klara ein Zimmer zeigen, ein Zimmer mit Aussicht. Er öffnet das Fenster und beschreibt ihr in Bergsteigerlatein die Route auf den Uri-Rotstock. Interessiert sie das überhaupt? Bis er das Fenster wieder schliesst, hat sie sein Gesicht studiert: den energischen Blick, die markanten Gesichtszüge, seine streng gezeichneten Lippen. Und diese Stimme, die nachhallt, wenn er längst wieder abgereist ist.

Das dritte Wiedersehen findet in Zürich bei einem abendlichen Ausgang mit Anni statt, die Klara auffordert: „Komm mit, wir gehen essen und tanzen, mein Freund nimmt einen Kollegen mit!" Der Kollege ist niemand anders als der dunkelhaarige Bergsteiger. Zufall oder abgekartete Sache? Immerhin führt sie dazu, dass Klara ihn jetzt bei seinem Rufnamen Ueli nennt.

*

Klara tritt eine Stelle als Hotelassistentin im Dolder Waldhaus an und zieht nach Zürich. Wenn sie einen Abend frei bekommt, steht ihr Ueli vor der Tür. Sie wandern durch den Zürichbergwald und schmieden Zukunftspläne. „In Brunnen unter den Uferbäumen des Vierwaldstättersees haben wir einander versprochen", diese sprachlich altertümliche Wendung liebte sie besonders. Mit der Heirat hat sie ihrer Berufskarriere den Rücken gekehrt. Sie schreibt sich nun Clara, passend zum romanisch klingenden Geschlechtsnamen. Ich bleibe bei ihrem Taufnamen Klara.

Von der Hochzeit im Jahre 1935 existiert ein 16-Millimeter-Film, von Uelis Freund Kurt Kussmaul aufgenommen: Klara heiratet nicht in Weiss, sie trägt ein elegantes schwarzes Tailleur und ein weisses Hütchen. Was uns, Klaras Töchter, sonderbar vorkam, denn zu unserer Jugendzeit in den vierziger und fünfziger Jahren sah man nur weisse verschleierte Bräute. Wollte Klara auffallen? Den Bräutigam sieht man im Frack, sein Haar tiefschwarz und glänzend, ein Clark Gable. Klaras Vater und die beiden Schwager mit Schnauz, Stock und Zylinderhut, eine Nelke im Knopfloch. Wie sie gemessen einherschreiten, die Kamera bleibt ruhig. Zum Schluss setzt sich das Hochzeitspaar in ein offenes Mercedes-Cabriolet, diesmal von dem befreundeten Walter Kussmaul, Kurts Bruder, geborgt, und unter Hurrarufen der Hochzeitsgesellschaft fahren sie los über den Gotthard nach Sestri Levante.

Klara wird später ihren heiratsfähigen Töchtern kategorisch nahelegen: „Das Hochzeitspaar verschwindet, bevor das Fest ausklingt."

*

Der Stummfilm

Über Ulrichs Herkunft und Jugendzeit weiss Klara wenig, bis das junge Paar im Sommer 1938 in Vorahnung des nahenden Weltkriegs nach Ostpreussen aufbricht. Sie bringen einen 16-Millimeter-Film in Schwarz-Weiss von der Reise zurück, der später an unseren Weihnachten vorgeführt und einen melancholischen Zauber auslösen wird: ein paar Häuser der Königsberger Innenstadt. Dies hier war Zappa! Szenenwechsel: ein Elch, der sein Geweih durch die lichten Föhrenwälder von Samland trägt. Korbstühle mit Windschutz im Seebad Rauschen an der Ostsee. Ulrich schwärmt vom Bad in den Wellen, das er schon als Bub genossen, und er hört seinen Vater rufen: „Ulrich, Ulrich komm zurück, das Wasser hat keine Balken!"

Die Vorführung war zu Ende, der Kinofilm zurückgespult, Ulrich blieb in Ostpreussen, im Bad Neukuhren mit Botho Scharffenorth, einem Schulfreund aus dem Kneiphöfschen Gymnasium. Oder bei Doktor Jabulefski, dem Arzt, der ihm nach einem waghalsigen Sprung von einer hohen Düne die zur Hälfte durchtrennte Zunge wieder zusammennähte. Er zeigte die Narbe und ermahnte uns, seine Kinder, während des Springens auf keinen Fall zu reden. „Dies ist der weiteste Sprung meines Le...!", will er im Fluge gerufen haben, und mit der Landung blieben das letzte Wort und seine Zunge zwischen den Zähnen stecken.

Was der Stummfilm der Reise nicht hergab, ergänzt Klara: „In einer Königsberger Buchhandlung verlangte Ulrich *Mein Kampf* von Adolf Hitler und äusserte sich dazu sehr gewagt und vorlaut. Das war zu jenem Zeitpunkt äusserst gefährlich."

*

Seine Familiengeschichte mit einem abenteuerlichen Anfang und dramatischen Ende liebte er anekdotisch auszuschmücken: begonnen mit Jachen C., Ulrichs Vater, der als Vierzehnjähriger im Jahre 1881, einen Fünfliber in der Tasche, Ardez im Unterengadin verliess. Alle jungen Leute, die es zu etwas bringen wollten, mussten aus dem kargen Tal auswandern. „Komm als reicher Mann zurück", soll der Vater seinem Sohn zum Abschied gesagt haben. Über Florenz, wo sich Jachen zum Büroangestellten emporarbeitete und Ersparnisse anlegte, und einer Zwischenstation in Venedig, wo die Auswanderer auf den nächsten Schiffkurs warteten, reiste er nach Amerika, kämpfte sich durch wechselvolle Jahre, avancierte zum Bankprokuristen und verlor sein ganzes Geld, als die Bank in Konkurs ging. An diesem Tiefpunkt erreichte ihn der Brief seines Bruders Adam, der an Syphilis erkrankt war und ihm seine Conditorei Zappa in Königsberg, Ostpreussen anbot, da er nicht mehr lange zu leben habe. Jachen willigte ein, heiratete auf der Durchreise in Ardez seine Jugendliebe, die energische Letta, die mit Ross und Wagen umzugehen wusste wie ein Mann. Ein Jahr nach der Hochzeit folgte sie, bereits mit der erstgeborenen Tochter, ihrem Jachen in die Fremde nach. Ulrich wurde im Jahre 1906 in Königsberg geboren.

*

Im Überseekoffer auf dem elterlichen Estrich in Zürich entdecke ich fast hundert Jahre später Dokumente, die weitere Einzelheiten des mündlich Überlieferten erhellen: Die Conditorei und Marzipanproduktion am Schlossplatz, vom Bündner Zappa aus Brail, Unterengadin, im Jahre 1812 gegründet, wechselte die Hand unter Engadiner Landsleuten, ging zuletzt von Adam zu Bruder Jachen, und alle schrieben Erfolgsgeschichte. Zum hundertjährigen Bestehen 1912 reihten sich hohe Staatsbeamte, Militärs und reiche Geschäftsleute in die Schar der Gratulanten. Königsberger Marzipan von Zappa wurde zu Weihnachten im ganzen Deutschen Reich an vornehme Adressen verschickt. *Königlicher Hoflieferant* stand auf Zappas Visitenkarte. Zum grossen Jubiläum zügelte Jachen C. Kaffeehaus und Marzipanfabrik Zappa von der Französischen Strasse an den Schlossplatz vis-à-vis des Königlichen Schlosses. Die Stadtverwaltung in Person des Oberbürgermeisters der Königlichen Haupt- und Residenzstadt Königsberg in Preussen überbrachte dem ehrenwerten Schweizer

Conditoreibesitzer Glückwünsche und Dank. Das *Königsberger Tageblatt* widmet dem Jubilaren einen fundierten Überblick über die Bündner Landsleute Josty, Pedotti, Plouda, Pomatti, die als Zuckerbäcker der Stadt in Erscheinung getreten waren. Aber keiner habe es zu einer hundertjährigen Geschichte gebracht wie Zappa.

Erfreut über die Notiz des Firmenjubiläums in der *Frankfurter Allgemeinen Zeitung*, meldeten sich Exilbündner aus anderen Landesteilen Deutschlands: Fopp, Baumwoll-Spinnerei-Besitzer in Wangen im Allgäu, machte auf ein damals erschienenes Buch über die Auswanderergeschichte der Engadiner aufmerksam und liess Jachen ein Exemplar zukommen. Bis 1766 seien Bündner als Konditoren und Pastetenbäcker im ganzen Deutschen Reich willkommen gewesen, schrieb der Gratulant. Sie wurden vertrieben, so auch seine Verwandten Beely, die im Jahre 1825 eine neue Konditorei weiter ostwärts, in Posen, gründeten. In Leipzig gab es Schweizer Conditoreien, die letzte gehörte einem Caspar Valär aus Davos. Jacob Fopp führte eine Conditorei in Königsberg, die er im Jahre 1874 an Spargapani verkaufte.

*

Der Betrieb Zappa überdauert den Ersten Weltkrieg, obwohl wichtige Zutaten wie Butter und Eier unter den herrschenden Zollbestimmungen und der Rationierung knapp werden. Ulrich, damals zehnjährig, blickt als erwachsener Mann mit Stolz auf seinen Heldenmut zurück, als er zusammen mit seiner Schwester Anita zum Schmuggeln ausgeschickt wurde: „Und kein einziges Mal haben wir uns erwischen lassen!"

Es vergeht kein Jahr, ohne dass Vater Ulrich auf die Vorstösse der russischen Armee nach Ostpreussen zurückkommt: auf die Schlacht bei Tannenberg im Jahr 1914 oder die Winterschlacht in Masuren ein Jahr später, wo die Generäle Erich Ludendorff und Paul von Hindenburg den russischen Vormarsch endgültig zum Erliegen bringen. Die Deutschen drängen, nebst anderen Manövern, das russische Reiterheer in die Sümpfe und Moore südlich von Königsberg, welche Pferd und Reiter verschlucken. „Dort würde man sie heute noch finden."

Als 1918 das geschlagene deutsche Heer in die Heimat zurückkehrt und die Truppen nicht als desorganisierte wilde Horde, sondern in Vierer-Formation durch die Königsberger Strassen ziehen, werden Lücken in den Kolonnen für die gefallenen Soldaten ausgespart. Gefallen sind auch frühere Angestellte von Zappa, was in dem zwölfjährigen Ulrich, der zum Empfang der Truppen am Strassenrand steht, Beklemmung und Trauer auslöst. „Zum ersten Mal bekam der Tod für mich ein persönliches Gesicht", gesteht mein Vater und ist bedrückt.

Im Jahre 1919, der Erste Weltkrieg ist vorbei, die Matrosen meutern, verschanzen sich auf dem Dach des Kaiserschlosses von Königsberg und schiessen mit Maschinengewehren auf kaisertreue Truppen. Auch vom Dach des Zappa-Hauses wird geschossen, wovon der Hausbesitzer Jachen keine Ahnung hat. Gendarmen des Kaiserreichs wollen ihn verhaften, doch glauben sie dem unbescholtenen Auslandschweizer, der beteuert, er wisse von nichts. Es geht so blutig zu und her wie beim Spartacus-Aufstand in Berlin ein paar Monate früher, linksrevolutionäre Gruppen drängen auch in Königsberg an die Macht. Die Toten werden im Hausgang von Zappa kreuzweise, was Ulrich gestisch veranschaulicht, aufgeschichtet. „Da hab ich den Ernst des Lebens kennengelernt." Er hält einen Moment lang in seiner Erzählung inne, stützt den Kopf in die Hände.

Ist denn das alles wahr? Oder übertreibt mein Vater, wie es seine Art ist?

Das ledergebundene Tagebuch meiner Grossmutter Letta aus der Königsberger Zeit gibt Aufschluss. Ein getrocknetes Edelweiss fällt heraus. Nur die erste Seite ist beschrieben, am 3. März 1919, Tag des Matrosenaufstands:

Heute der schrecklichste Tag meines Lebens. Mit Kanonendonner werden wir aus dem Schlafe gerissen. Gottlob ist es im Laufe des Tages unseren lieben Königstreuen gelungen, das Schloss zu stürmen und die Matrosen zu verjagen. Aber wir alle im Hause haben gezittert. Der Tag hat sich verdunkelt, Trümmer flogen durch die Luft.

Der liebe Pappa war im Laden mit zwei Criminals, als die Schaufenster von fünf Kugeln durchbohrt wurden. Ich stand ohne Angst in der Küche und fing an Mittag zu kochen. Betete fortwährend zu Gott. Er hat uns auch an diesem schrecklichsten Tag beschützt. Ich bitte dich, lieber Gott, schütze uns auch in Zukunft. Deine sehr ergebene Dienerin Letta.

Das politische Klima ist derart aufgeheizt, dass Conditoreibesitzer Jachen keinen anderen Ausweg sieht, als sich noch im selben Jahr in die Heimat zu retten. Mit Staatskutsche und Kürassieren wird die Schweizer Familie zur Bahn geleitet, was nur den angesehensten Gästen zukommt. Geld und Besitz wird der so geehrte Schweizer jedoch als Reichsfluchtsteuer zurücklassen müssen. Sein Lebenswerk sieht er den zeitgeschichtlichen Zwängen geopfert, sein Mut ist gebrochen. Mit der Rückkehr endet eine Erfolgsgeschichte, und eine andere nimmt ihren Anfang.

*

Sohn Ulrich kommt in die Zürcher Sekundarschule, trägt knielange Latzhosen aus Leder und redet ein preussisches Deutsch. Dass er Schweizer sei, glaubt ihm keiner, er wird gehänselt. Aber ja, Auslandschweizer, was ihm auch Vorteile verschafft: Als Deutschland für einen Monat den Staatsbankrott erklärt, unternimmt Ulrich mit seinem Cousin Peider eine sogenannte Valutareise in ihr gemeinsames Jugendreich Ostpreussen und schreibt nach Hause:

Juli 1923

Liebe Eltern!
Ich will nun meinen Reisebericht fortsetzen. In Berlin schaute ich mir mit Peider, den ich immer freihielt, viele Museen an und auch Potsdam. Wir fuhren nach zweieinhalbtägigem Aufenthalt für Mk. 23'000 nach Allenstein. In Wartenburg holte uns die Kutsche ab und brachte uns aufs Gut Safronken zu Minzloffs. Wir hatten ein schönes Zimmer, Essen genug und konnten, jeder mit einem guten Pferd, einen ganzen Tag lang herumreiten. Das war grossartig. Das Gut, das Ihr ja bestens kennt, will ich Euch noch beschreiben: Es ist 25 Quadratkilometer gross, hat 200 Schweine, 60 Pferde, 150 Stk. Rindvieh, 100 Schafe und Hühner, Tauben, Enten, Gänse in Menge. Der Verwalter scheint mir ein ganz anständiger Mensch zu sein. Minzloffs werde ich in Rauschen treffen. In Königsberg angelangt, kamen wir zu Piratzkys, die sich sehr freuten. Ich addierte hier alle verauslagten Eisenbahntaxen: Mk. 300'000 = Fr. 8 für Zürich-Königsberg, das ist doch sicher billig genug für solch eine Strecke.

Bei Familie Piratsky blieben wir zwei Tage. Essen und Schlafen waren ganz gut. Ich kaufte Kuchen bei Zappa und ebenfalls Blaubeeren und brachte sie zu Piratsky. Von Zappa machten wir zwei Photos und gondelten auf dem Schlossteich. Mit der Elektrischen zu fahren kostet Mk. 2000. Peider hielt ich überall frei. Diese Freihaltereien sind auch schuld, dass ich bereits 1 Million verputzt habe = Fr. 30. Ich habe jetzt an alle Bekannten geschrieben, weil Post, Bahn und Schiff ab dem 1. August dreifache Kosten verursachen.

Hier atmet der 17-jährige Ulrich Heimatluft, ich bin gerührt. Damals konnte er nicht ahnen, dass ein nächster Weltkrieg und alles, was darauf folgte, eine eiserne Grenze zwischen ihm und Königsberg ziehen würde, die ihn ein Leben lang schmerzt. Ulrichs Vater, der sein Sparheft bei der Darmstädter Bank angelegt hat, erhält im selben Jahr des Staatsbankrotts 1923 von der Bank die lakonische briefliche Mitteilung: Durch Portospesen aufgebraucht. Leicht möglich, wenn die Briefmarke, die auf dem Couvert klebt, das ich im Reisekoffer auffinde, 30'000 Reichsmark kostet.

*

Ich stöbere weiter. Mutter Lettas Kontobuch kommt zum Vorschein.

Im Jahr 1926, die Familie wohnt jetzt in Zürich, ist die grossbürgerliche Aussteuer für Tochter Anita in gepflegter Handschrift mit Tinte aufgeführt. Unter anderem:

alter Kelim für die Ofenbank: Fr. 6
zwei Tischglocken: Fr. 2

Etwas wilder das Schriftbild, wenn es um Studiengelder für Sohn Ulrich geht, das Jahr ist dasselbe:
Schulgeld: Fr. 180
Römisch Recht: Fr. 24
Rechtspflegegesetz Zürich: Fr. 9

Im Juli 1929 sind Ulrichs sportliche Anlässe verbucht:
Regatten Luzern: Fr. 40
Regatta Lugano: Fr. 50
Kreuzberge: Fr. 20
Bergtour Wallis: Fr. 200

Ulrich ist immer noch Student, der jeden Barbezug im Kontobuch unterschreiben muss. Offensichtlich verärgert über die häusliche Pedanterie, quittiert er am 1. Dezember 1926 folgendermassen:
Obligationenrecht v. Tuhr: Fr. 40 verdammt erhalten! U.C.

*

Doktortitel und Anwaltspatent werden als Folge dieser finanziellen Abhängigkeit in Rekordzeit erworben. Am Eingang des Hauses an der Turnerstrasse prangt nun die selbstmontierte Tafel: Advokaturbüro

Dr. U.C., und schon bald meldet sich aus der Nachbarschaft die erste Klientin. Ulrich praktiziert in dem vom Treppenhaus direkt zugänglichen Fremdenzimmer der elterlichen Wohnung, was sich in Lettas Kontobuch unter der Rubrik Einnahmen umgehend niederschlägt:
Ulrich Büro Quartalsmiete: Fr. 45

Mamma Letta versteht es, das Haus an der Turnerstrasse im Zürcher Stadtkreis 6 auch in der Wirtschaftskrise zu vermieten, während strassauf und -ab Mietshäuser reihenweise leerstehen. Letta inseriert ihr Mietobjekt mit Seesicht. Wenn die Bewerber sich wundern, dass kein See in Sicht, rückt Letta einen Stuhl vor das Fenster: „Da, stehen Sie drauf, dann sehen Sie ihn!" Ulrich wird seiner Lebtage das Gespenst unvermieteter Renditeobjekte nicht mehr loswerden.

Im Jahre 1932 stirbt Ulrichs Vater. Unter dem Titel Pappas Beerdigung sind auch diesbezügliche Ausgaben überliefert, durchmischt mit kleinen Geldgeschäften:
Todesanzeige Freier Rätier: Fr. 40.50
Grabrede von Frei R.: Fr. 15
Liegenschaftensteuer: Fr. 62.50
Darlehen Peider Zins: +Fr. 45
Pappas Pflaumen-Bäumchen: Fr. 18
Kirche Enzenbühl Kollekte: Fr. 12
Romreise: Fr. 500

Abendessen Sprüngli: Fr. 10
Schokolade Bündnerverein: Fr. 7

Letta tauscht mit Tochter Anita ein Sparbüchlein, verkehrt mit der Argauer Bodenkreditanstalt, handelt mit Aktien und Obligationen, verrät einen Hang zu grossbürgerlichem Lebensstil und Luxus.

*

Unter den Ehegatten Letta und Jacob (Jachen) C. wurde laut Urkunde des Königlichen Amtsgerichts Königsberg in Preussen im Jahre 1909 durch den Königlichen Notar Dr. Max Lichtenstein vollständige Gütertrennung vereinbart und im Güterrechtsregister eingetragen. Das hundertjährige Dokument mit Reichswappen und Stempel in meiner Hand. Letta war es, die auf den alljährlichen Sommerreisen mit der Familie in die Engadiner Heimat Geld aus Königsberg im Gepäck mitgeschmuggelt und auf ein Bankkonto in Zürich einbezahlt hatte, während Jachen sich und seine Umgebung beschwörte: „Wenn Deutschland den Krieg verliert, gibt es keinen Gott!"

In Zürich wird Letta eine Liegenschaft erwerben, nicht ohne erst in den Keller hinunterzugehen, um sich der Dicke und Robustheit der Kellermauern zu versichern. Dass Letta um ihre Entscheidungskraft gerungen hat, bezeugt der Lebensspruch, den sie ihrem Kontobuch ebenfalls anvertraut:

*Es führen über die Erde
Strassen und Wege viel.
Aber alle haben
Dasselbe Ziel.*

*Du kannst reiten und fahren
Zu zwein und drein,
Den letzten Schritt
Musst du gehen allein.*

*Drum ist kein Wissen
Noch Können so gut,
Als dass man alles Schwere
Alleine tut.*

(*Allein* von Hermann Hesse)

*

Die Ratte

Ulrich zieht mit seinem Büro in die Innenstadt hinunter. Im Parterre des Hauses an der Gerbergasse führt Fischhändler Kurz sein Geschäft, die Gerüche gehören zum Haus. Nichtsdestotrotz bedeutet dieser Umzug den Anfang eines Aufstiegs. Die Familie wird ein paar Strassenzüge den Zürichberg hinauf in die Parterrewohnung einer Villa mit Stuckdecken und Veranda einziehen. Ratenweise leistet der Advokat Anzahlungen auf das Haus, bis es ihm ganz gehören wird.

*

Klara weist die Kinder an, von Papa richtig Abschied zu nehmen: „Wir wissen nicht, ob wir ihn wiedersehen."

Der elegante gestiefelte Offizier in Reithosen und taillierter Jacke mit Stehkragen kam jedes zweite oder dritte Wochenende in Urlaub. Fast ein Fremder, das Familienoberhaupt. Erst wenn wir Kinder ihm die Uniformmütze vom Kopf nehmen und über die goldenen Streifen und den glänzenden, schwarzen Schirm streichen durften, war er wieder ganz Vater, der uns auf die Knie nahm, von Wind und Wetter in den Bergen erzählte und wissen wollte, wie es uns allen ergangen sei. Die Kleinste brachte den Stiefelknecht, der Älteste trug die hohen Stiefel in den

Gang hinaus. Die Mittlere hing an seinen Lippen und stellte Fragen.

Er hatte nur ein kurzes Gastspiel gegeben und rückte am Sonntagnachmittag wieder ein, um hoch über dem Bergell seinen Aktivdienst als Nachrichtenoffizier zu leisten. Jenseits der Schweizer Grenzen herrschte Krieg. Sein Hauptauftrag war, Truppenbewegungen in der Poebene zu beobachten und alle verdächtigen Vorkommnisse dem Kommando seines Grenzabschnittes zu übermitteln. Doch stauten sich oft die Wolken auf dem Passo di Prassignola, hüllten den Beobachtungsposten in Nebel ein, so dass er immer wieder meldete: keine Sicht.

*

In der Stube stand ein schlanker Ofen auf vier geschwungenen Eisenfüssen. Durch eine Klappe füllte man Kohlenbriketts nach und konnte in die lodernden Flammen schauen. Der Ofen war rundum mit smaragdgrün schimmernden Kacheln bekleidet, bei Schlaginhaufs einen Stock höher stand dasselbe Modell im karminroten Kachelgewand. Das schwarze geschwungene Ofenrohr verschwand unter der Stubendecke in der Wand. Solange der Ofen brannte, solange es genügend Kohlenbriketts im Kohlenkeller gab, die von den schwarz bepuderten Männern alle paar Wochen hergebracht und aus den Emballage-Säcken direkt in die Kellerklappe geleert wurden, fühlte sich die Familie geborgen. Solange im Vorratskeller Buttertöpfe, Sardinen- und Thonkonserven, Teigwaren-, Reis-, Mehl- und Zuckerpakete lagerten, brauchte uns nicht bange zu sein. Klara sterilisierte Gartenfrüchte und kochte Konfitüre. In ihrer Küche, wie in allen Küchen, stand das blau-weiss linierte Päckchen Zichorienkaffee als Kaffeezusatz, aus dem für die Erwachsenen ein bitterer Kaffee gebraut wurde. Wir Mädchen löffelten abends Griessbrei und Reisbrei ohne Begeisterung, der Bruder bekam Käse, eine dünne Scheibe Butterbrot und Gemüse. Wir schliefen in verdunkelten Zimmern.

Flugzeuge donnerten in den Nächten über Zürich hinweg. Wir hatten Sirenengeheul kennengelernt. Bei Einbruch der Dämmerung sperrte Klara die Fensterläden zu und spannte eine dicht gewobene Wolldecke an die Haken vor das Stubenfenster und an die Glastür der Veranda, so dass kein Lichtschimmer nach aussen gelangte. Die angeordnete Verdunkelung provozierte auch Irrtümer. So gingen im Winter 1944/45 amerikanische Bomben über der Frohburgstrasse nieder, unweit unseres Hauses. Vater Ulrich meldete uns in den Winterkurort: „Unser Kamin ist durch die Erschütterung in die Brüche gegangen. Ferner: Im Klosett schwimmt eine Ratte!" Besonders seine zweite Mitteilung versetzte meine Fantasie in Alarmstufe eins.

Das Radio wurde angestellt, wenn eine besondere Kriegsaktion angesagt, eine Rede des Generals Guisan oder Adolf Hitlers übertragen wurde. „Stell ab!", rief Klara entrüstet, wenn sich des Führers Stimme überschlug, was nach Klaras Version regelmässig der Fall war, je länger und gnadenloser er sein Volk anlog.

Redaktor Nicolo Biert, einem Landsmann, gab Ulrich zu verstehen: „Ihr schiesst in der *Neuen Zürcher Zeitung* zu scharf auf die Nazis. Ihr provoziert so lange, bis sie uns auf den Pelz rücken! Ist das denn nötig?"

Nicolo hielt dagegen, eine mutige und entschiedene Haltung der Presse schrecke Hitler ab.

*

„Vielleicht verreisen wir für eine gewisse Zeit in die Berge. Würde euch das gefallen?"

„Wie lange?", fragten mein Bruder und ich, „und warum?"

„Weil wir in den Bergen geschützt sind, wenn der Krieg bis nach Zürich kommt. Dort finden sie uns nicht, und die Bomben treffen uns nicht. Wie lange wir bleiben, weiss niemand."

Klara wirkte unsicher, nachdenklich. Wir freuten uns nicht, begriffen aber, dass es ernst galt, als der grosse Überseekoffer in den Gang gestellt wurde, der wie eine Truhe aufzuklappen und mit Messingscharnieren versehen war.

„Und die andern Leute, kommen die auch?"

„Familien mit Kindern, ja." Klara antwortete ausweichend, was bei uns das undeutliche Gefühl hinterliess, dass es zwei Sorten Leute gab: die einen, die sich in Sicherheit bringen konnten, und die andern. Onkel und Tante Schlaginhauf im oberen Stock gehörten zu den letztgenannten. Aber auch sie blieben in ihren Erklärungen zweideutig, wenn wir Kinder weiterbohrten, und eines Tages verschwand der Überseekoffer wieder auf dem Estrich.

„Wir wären nach Engelberg gefahren," wird Vater Ulrich drei Jahre später sagen, als der Krieg vorüber, die Gefahr gebannt war. Es handelte sich um das Alpenreduit, einen Zentralraum in den Alpen, der alle Transversalen beherrschte. Er sollte mit der gesamten Feldarmee verteidigt werden. Dies hatte anderseits zu bedeuten, dass die Bewohner des Mittellands einem möglichen Angriff der deutschen Truppen sowie der fünften Kolonne schutzlos ausgeliefert waren.

Bei Klaras Schwester Emma verpasste man keine Nachrichten der Schweizerischen Depeschenagentur. Emma schlug eins übers andere Mal die Hände zusammen und stiess ein „Piiti" hervor, ein „Bitte Gott, lass das nicht wahr sein!", was alles zum Vorschein kam, als die Alliierten nach dem Krieg die Konzentrationslager aushoben.

*

„Der Krieg ist aus", läuteten die Glocken in Zürich, im Buchwald und in der ganzen Schweiz. Weniger Flugzeuge über Zürich, mehr Spielsachen für uns Kinder waren die unmittelbare Folge – und für Klara: ein viertes Kind. An Weihnachten stand sie mit ihrem Ueli vor dem Christbaum, machte ein geheimnisvolles Gesicht und sagte: „Das grösste Weihnachtsgeschenk ist in meinem Bauch. Ja, ja, ein Kindlein."

Der Vater nickte, wir Kinder aber wollten und wollten es nicht glauben. Nun sollte der breite Kinderwagen aus Strohgeflecht, ein stabiles Vorkriegsmodell, das in der Garage neben dem Auto parkiert war, wieder seinen ursprünglichen Zweck erfüllen. Uns nicht mehr als Spielzeug dienen wie bis anhin, für grobe und ausgelassene Spritzfahrten auf der Strasse, sondern mit frischem Bettzeug ausgelegt werden, um ein sauberes, lebendiges Wickelkind aufzunehmen. Ein Brüderchen oder Schwesterchen. Ich hatte es mir immer gewünscht, aber als die Jahre ins Land gingen, ohne dass etwas geschah, die Hoffnung aufgegeben. Klara dagegen hatte nie aufgehört uns zu ermahnen, dem Kinderwagen Sorge zu tragen: „Es ist nicht ausgeschlossen, dass wir noch einmal ein Kind haben werden." Wir glaubten ihr nicht, konnten sie uns mit rundem Bauch nicht vorstellen. Trauten ihr nicht zu, dass sie ihre vagen Andeutungen einmal wahr machen würde.

Der Mercedes Benz Heck-Motor, der sechs lange Kriegsjahre unverrückt in unserer Garage gestanden hatte, so, als ob er am Garageboden festgemacht sei, rollte aus der Garage, der Vater am Steuer. Mit der grossen Kurbel brachte er auf der ebenen Strasse den Motor zum Laufen. Schnell schwang er sich wieder hinter das Lenkrad und der Mercedes Benz, nach seinem Erscheinungsbild ein Vorläufer-Modell des Volkswagens, tuckerte die Strasse hinunter. Für die tägliche Fahrt in sein Büro nahm Vater Ulrich aber nach wie vor das Velo. Hinab ging es in Windeseile, bergan trampeln kam einer sportlichen Leistung gleich, zu Hause angekommen, musste er das Hemd wechseln. Wenn im Winter Schnee gefallen war, schnallte er die Skis an die Füsse und fuhr auf seinen Hickory-Brettern mitten in die Zürcher City. Beim Central löste er den Diagonalzug seiner Skibindung und überwand die letzten fünfhundert Meter über Bahnhofplatz und Bahnhofstrasse im Langlauf.

Die Rationierung von Benzin und anderen Gütern dauerte an. Die Lebensmittelmarken holten wir im Kreisgebäude am Schaffhauserplatz ab, und bis in die fünfziger Jahre schnürte Klara Pakete mit Schokolade und Kaffee für die befreundeten Familien in Deutschland.

*

Jahre später werden Überlebende aus dem versunkenen Ostpreussen bei uns als Besucher eintreffen: Willy Minzloff, Abkömmling des bereits bekannten

Ritterguts Safronken, der stets mit zwei kiloschweren Säcken Zuckerzeug anrückt. Seine Mutter Alexe mit der hohen, gläsernen Stimme und deren Schwiegertochter Jutta. Alexes Sohn Georg ist in Stalingrad gefallen. Die Gäste haben als Delikatesse ausgelassenes Gänsefett mitgebracht, das sich mein Vater genüsslich aufs Brot streicht und mit Salz bestreut, ganz wie damals. Auch mir mundet der Aufstrich. Jetzt komm ich dahinter, warum mein Vater immer von Gänsebraten als Weihnachtsmahl schwärmt. Klara weigert sich standhaft: zu fett.

Man ringt um Fröhlichkeit. Ein Crescendo hebt an, wenn die Schmuggelgeschichte zur Sprache kommt, wo Ulrich und seine Schwester während des Ersten Weltkriegs bei Rockenrode jeweils zwei Kessel frische Butter über die Zollabschrankung schafften: „Und nie haben wir uns erwischen lassen!" Mein Vater zitiert unter dröhnendem Beifall: „Der alte Brauch wird nicht gebrochen, Familien können Kaffee kochen!" Eine Anspielung auf den Picknick-Park Maraunenhof in Königsberg, Vater Ulrich ist in Hochstimmung. Die Geschwister Plouda, ebenso Engadiner mit Königsberger Vergangenheit, streuen Rumantsch Ladin ins preussische Deutsch. Dann wird es still, die Beklemmung greifbar, wenn jemand sagt: „Alles verloren, die Russen kamen." Das Jahr 1945 liegt noch nicht weit zurück.

*

Die Familie brauchte mehr Platz, im Frühling wurde das Haus umgebaut, Klara, die Schwangere, war Bauführerin. Ihr Mann verdiente das Geld und liess ihr freie Hand. Herr und Frau Schlaginhauf bissen in den sauren Apfel und erklärten sich notgedrungen einverstanden, in eine dreimal kleinere Wohnung im Dachstock umzuziehen, liessen aber Klara keine Ruhe, bis sie ihnen ein richtiges Bad mit einer Badewanne zubilligte, in der sich Frau Schlaginhauf in ihrer ganzen Länge hineinlegen konnte. Vorgesehen war eine Sitzbadewanne gewesen, und diese Lösung hätte Platz gelassen für ein weiteres kleines Bad, das den Bewohnern der Mansarden zur Verfügung gestanden hätte. Die Beharrlichkeit von Frau Schlaginhauf war ein Grund für Klara, gegen jene einen stillen Hass aufzubauen. Denn Klara übte sich im Nachgeben, und sie konnte es keiner anderen Frau nachsehen, wenn sie diese weibliche Tugend verachtete.

Alles lief auf Hochtouren: Die Wohnungsdecke wurde aufgerissen und eine geschwungene Holztreppe eingepasst, die Parterre und erste Etage intern miteinander verband. Das ehemalige Kinderzimmer in einen Wirtschaftsraum zum Schneidern und Glätten, die obere geräumige Küche in eine Kinderbadestube verwandelt, Schlaginhaufs ehemaliges Esszimmer nahm zwei Biedermeierbetten für die beiden Töchter auf. Für den Sohn wurde ein Zimmer direkt neben dem Eheschlafzimmer eingerichtet, dessen Verbindungstüre vor allen Dingen das gegenseitige Belauschen ermöglichte. Der eine passte auf das eheliche Bettgeflüster auf, Klara im Gegenzug registrierte jedes ungewöhnliche, vielleicht unheilverheissende Räuspern aus dem Nachbarzimmer, war praktisch unablässig auf Pikett.

*

Der Herr des Hauses richtet sich im Herrenzimmer ein, dessen Prunkstück das hohe Engadiner Buffet mit eingelegten Porträtmedaillons auf den beiden Seitentürchen ist, ein Familienbesitz. Das Büchergestell nimmt eine ganze Wand ein. Die Bände der Gesetzessammlung stehen auf dem obersten Gestell seiner Bibliothek, auf dem zweitobersten die Schiller-Dramen und Goethe-Gedichte, im mittleren Regal Erzählungen und Romane aus verschiedenen Epochen, zuunterst Bildbände, vor allem Bergsteigerbücher. Auf dem Schreibtisch mit rhombischen Intarsien wachsen Beigen juristischer Periodika.

Auf dem Tisch das Telefon, das dem Advokaten erlaubt, streng geheime Telefonate hinter verschlossener Türe zu führen, wenn es die Dringlichkeit erforderte. Meist aber steht die Schiebetür zum grossen Salon offen, in dem vornehmer Besuch empfangen wird, die Familie Weihnachten feiert und an Samstagen den Nachmittagstee trinkt, die Töchter später am schwarzen Bechstein-Flügel Musik machen, Familienfeste und ernste Aussprachen stattfinden, kurz, alles, was es an heiteren und konfliktreichen Stunden innerhalb des Familienlebens gibt.

*

Fünf, sieben, neun Jahre alt waren wir, gingen händchenhaltend und nicht wenig stolz das erste Mal allein in den Zürichbergwald. Was wir darauf erzählten, gab Anlass zu Aufregung. Vater Ulrich legte seine Stirn in Falten und verlangte einen Polizeirapport.

„Wie spielte sich alles ab?", wollte der Polizist, der in unser Haus kam, von der Ältesten wissen. Peinlichkeit machte sich im Salon breit.

„Ein dickes Glied zuerst, dann der Mann, dem dieses gehörte, ein Rascheln der Blätter auf dem Waldboden, da war er, aus dem Nichts aufgetaucht, ganz plötzlich."

„Wenn du deine Höschen noch einmal hinunterlässt, gebe ich dir einen Zwanziger", sagte er zum Mädchen, das einen Augenblick vorher hinter der Buche ins Laub gemacht hatte und nicht ahnte, dass es einen Beobachter gab.

„Was dann?", wollte der Polizist wissen.

„Keine Höschen heruntergelassen, mich mit meinen Geschwistern auf den Heimweg gemacht." Der Mann habe sie bis fast in ihre Strasse begleitet, sei kurz davor links abgebogen.

Betretenes Schweigen im Salon. Die Plüschsessel waren unbequem, die Uhr tickte leise und vornehm, der Polizist schwieg und kritzelte etwas in seine Formulare, Klara warf bedeutungsvolle Blicke von ihrem Mann dem Polizisten zu und an ihren Mann zurück. Die Tochter brannte darauf, den Salon zu verlassen.

*

Drei Monate bevor sie niederkam, wurde Klara krank. Es sei für die Frau und Familienmutter, die schwangere Klara, alles einfach zu viel gewesen, erklärte der Hausarzt dem aus allen Wolken fallenden Ehemann, der mit doppelter Kraft seine Praxis in Schwung hielt, einen Substituten anstellte und eine Sekretärin in Trab versetzte.

Klara verschwand in dem tagsüber verdunkelten Schlafzimmer und wurde von einer Krankenschwester gepflegt. Das Haus lag in Schweigen, wir Kinder wurden angehalten zu flüstern, um die Patientin nicht zu stören, der Arzt kam täglich und machte ein ernstes Gesicht. Wenn es Klaras Zustand erlaubte, durften wir Kinder einmal pro Tag ans Krankenbett und ihre schlanke Hand halten und dann rasch und schweigsam wieder verschwinden. Klara brachte kein Wort über die Lippen, denn ihr Kehlkopf war entzündet und angeschwollen, so dass sie selber bei der kleinsten Anstrengung befürchtete, ihr Atem könnte nicht mehr durchkommen, ja, sie müsste ersticken.

Aber Klara hielt durch, auch wenn sie wie tot aussah und ihre Augen geschlossen hielt. Auf uns wirkte ihr Zustand lähmend, wir hörten auf zu streiten. Nach zweiwöchigem Krankenlager zuhause wurde Klara auf eine Tragbahre gebettet, ins Krankenauto verladen und ins Kantonsspital überführt. Das geschah an einem frühen Nachmittag, und um Klara jede Aufregung zu ersparen, versorgte man uns Kinder für diesen Zeitpunkt bei Tante Schlaginhauf. „So übersteht eure Mutter den Abschied besser", meinte Frau Schlaginhauf. „Abschiedstränen könnten ihr den Hals noch ganz zuschnüren und sie das Leben kosten." Im Spital erwartete sie ein Freund, Oberarzt der Inneren Medizin, der sich ihrer gewiss ganz speziell annehmen würde.

*

Margrit aus Baselland, unser Dienstmädchen, versah Klaras Hauhalt in deren mehrmonatiger Abwesenheit. Margrit erzählte Märchen vor dem Zubettgehen. Wir Mädchen wollten immer wieder *Schneewittchen* und *Dornröschen* und *Der Froschkönig* hören. Die Märchen trösteten uns, denn auf die Mutter mussten wir lange verzichten, und es schien uns klüger, nicht immer nach ihr zu fragen. „Sie bleibt im Spital bis zur Geburt, sagte Tante Schlaginhauf, „und die ist Mitte Juni." Eine Kinder- und Säuglingsschwester war bereits engagiert worden, eine mit weissem Häubchen, knöchellangem, dunkelblauen Kleid mit feinen weissen Punkten und einer schwarzen Schürze. Sie war Diakonisse: Alice.

Klara kam wieder zu Kräften, woran wir Kinder nie zweifelten, und eines Morgens sagten Margrit und die Kinderschwester Alice und Tante Schlaginhauf wie aus einem Munde: „Dreimädelhaus. Nun seid ihr drei Mädels!", was den Bruder weniger freute, auch die Eltern hatten mit einem Sohn gerechnet. Dreimädelhaus klang in den Ohren der Mädchen wie eine Verheissung: Nun wird das Haus ein Schloss mit drei Mädchen wie Prinzessinnen, die sich in Gold und Silber kleiden und von Prinzen umworben werden. Oder spinnen die drei Mädels Goldfäden? Werden ihre Brüder, die sie sich vorstellten, in Raben verwandelt oder in weisse Schwäne?

Immer wieder fiel der Name Dreimädelhaus, und umso verzauberter kamen wir beiden Schwestern uns vor, desto mehr sahen wir uns in der Kutsche davonfahren, mit goldenen Schuhen an den Füssen, luftige Schleier im Haar. Stattdessen gingen wir in ganz gewöhnlichen Kleidern mit dem Vater in die Klinik, um der Mutter und dem Neugeborenen guten Tag zu sagen. Wir fanden es so allerliebst, dass uns die Höhenflüge der Märchenprinzessinnen aufs Mal nicht mehr interessierten: Die kleine Alessandra, ein normales Menschenkind, das die Händchen zu Fäustchen ballte und den Finger blitzschnell umfing, wenn man damit seine Handinnenfläche berührte, fanden wir spannend genug. Mutter und Kind würden in zehn Tagen nach Hause kommen, zur restlichen Familie stossen.

„Also sind wir noch gar kein Dreimädelhaus", meinte Annastasia, die nun klarer sah und der es auch an einer exakten Terminologie gelegen war. „Doch, doch", bekräftigte Tante Schlaginhauf, „drei Mädels seid ihr trotzdem, und zwar gleich von der Geburt des Schwesterchens an."

„Geburt? Wie geht das? Wie kam es auf die Welt?"

„Man hat es mir herausgenommen", wird Mutter Klara später sagen, „für eine Geburt hätten meine Kräfte nicht ausgereicht." Dabei wird sie einen tiefen Atemzug machen und ein wenig in sich zusammensinken.

*

Eine Lektion

Die Tischglocke klingelt. Klara bedient sie per Fussdruck. Adele in weisser Schürze trägt den zweiten Gang auf. Rasch sind die Suppenteller abgeräumt und die dampfenden Platten mit Kartoffelstock, Hackbeefsteaks, Blumenkohl und Salat auf die Tischmitte gestellt. Klara quittiert mit einem kurzen „Merci." Sie redet Französisch mit der Norditalienerin aus Padova, die früher in einem Haushalt am Lac Leman gedient hat und sich auf ihre Fremdsprachenkenntnisse etwas einbildet, eigentlich wie Klara auch.

Sobald Adele wieder in der Küche ist, bittet Vater Ulrich seinen Sohn, die Mittagsnachrichten, die aus dem Nebenzimmer halblaut herübertönen, abzustellen. Wichtiger als das Weltgeschehen ist ihm ein anderes Thema. Unlängst ist ihm zu Ohren gekommen, dass eine seiner Töchter mit Guy, der an der unteren Strasse wohnt, im Garten Doktorspiele treibe. Sie solle mit dem dummen Zeug doch lieber aufhören. Es folgt eine Sittlichkeitslektion aus der Sicht des erfahrenen Juristen. Alle haben still zu sein, auch Klara, weil sie von der Advokatur ja keine Ahnung habe. Mit erhobenem Mahnfinger führt er uns in die Straftatbestände sittlicher Vergehen ein, die den grössten Raum im Strafrecht in Anspruch nähmen: „Stellt euch das vor!" Er verweilt bei den Termini der Nötigung und des Gefügigmachens, doch alles, was er aufruft, betrifft uns nicht. So viel verstehen wir aus dem Vorgetragenen, Fragen stellen wir keine.

Beim Dessert, Adele hat frische Früchte serviert, erwähnt Ulrich gegenüber Klara verschlüsselt ein paar Neuigkeiten aus seiner Praxis: Im Fall A. hat sich die Situation verschlechtert. Er wird Mühe haben, zu seinem Geld zu kommen. Dafür weiss nun G. genau, was er will. Mit der Zeit finden wir Advokatenkinder heraus, wer gemeint ist, diesen oder jenen kennen wir persönlich, aber da wir die Sachverhalte nicht begreifen und ohnehin nichts wissen dürfen, bleibt alles mässig interessant und es bietet sich Gelegenheit, uns vom Tisch zu verabschieden.

*

„Papa und ich gehen ins Beizli." Alle zwei, drei Wochen nehmen sich die Eltern einen freien Abend heraus, wandern den Zürichberg hinauf bis zum Restaurant Freudenberg an der gleichnamigen Strasse unweit der Anlage Vrenelisgärtli. Im Gasthof Freudenberg wird ihnen in schlichtem, fast familiärem Interieur ein unvergleichliches Rindsfilet im Pfännchen serviert, sie sitzen in der Glasveranda und haben das Pulsieren der geliebten Stadt zu Füssen, in der es sich wahrlich nicht schlecht leben lässt.

Für uns Daheimgebliebene wirkt die Ankündigung eines elternlosen Nachtessens vorerst enttäuschend.

Doch dann bekommt der Abend seinen eigenen Glanz. Auf dem Garagenvorplatz der Nachbarn Helbling spielen wir Völkerball zu zweit, bis es einnachtet. Endlich im Bett, erzählt uns Margrit vom Däumling mit den Siebenmeilenstiefeln, der auf der Flucht die ganze Brüderschar über die Berge lotst, ausgerechnet in das Haus eines Menschenfressers gerät und in letzter Minute wieder ausbricht. Uns stockt der Atem. Glücklicherweise verfolgt uns der Menschenfresser nicht bis in die nächtlichen Träume. Auch den Hexen und bösen Stiefmüttern der Grimmschen Hausmärchen können wir uns sorglos ausliefern.

*

Der Mausbiss

Der Überseekoffer aus Königsberg mit den Messingbeschlägen und dem herausnehmbaren Mittelteil wird vom Estrich geholt und füllt sich über mehrere Tage bis zum Rand mit Kleidern. Der hohe Sack aus Segeltuch für das Schuhzeug mit eingenähtem Boden und Ösenverschluss samt Vorhängeschloss, ebenfalls ein Gepäckstück von weit her, wird immer praller. Die Rucksäcke stehen in Reih und Glied, die Skier neben der Haustür, paarweise zusammengebunden, die Skistöcke zu einem Bündel geschnürt. Ein Taxi bringt uns zum Hauptbahnhof, umsteigen in Ziegelbrücke, weiter nach Linthal im Glarnerland, von wo das steilste Standseilbähnchen Europas, wie die männlichen Passagiere nicht müde werden zu betonen, neben abschüssigen Waldpartien und Felswänden bergan steigt. Die Bank wird sich während der Fahrt etwas neigen, so dass wir von den Sitzen rutschen.

In Braunwald Station wartet ein Fuhrwerk, das unser Gepäck in das Chalet Wiesenrain bringen wird. Der Säugling, in eine Wäschezeine gebettet, legt das Wegstück auf einem Handschlitten zurück, den wir bergan ziehen. Nur das Familienoberhaupt bleibt dem Fuhrwerk auf den Fersen, um beim Abladen behilflich zu sein und die Gepäckstücke in Zimmer, Gang und Keller zu verteilen.

Das erste Mittagessen nimmt die Familie im Hotel Tödiblick ein. „Die armen Schlucker bleiben unter dem Nebelmeer, die Tüchtigen sitzen an der Sonne", frohlockt Ulrich und lässt den Blick über den Glarner Alpenkranz schweifen, der sich vor der Aussichtsterrasse ausbreitet. „Bitte, lass es gut sein", raunt ihm Klara zu, „und sag das nicht so laut." In diesem Moment wird eine von Klaras Töchtern unter der Terrasse von einer Maus in die Hand gebissen, was den sofortigen Aufbruch in Richtung Arztpraxis und eine Starrkrampfimpfung zur Folge hat.

*

Unglaublich, wie viele Leute das kleine dunkelbraune Chalet mit dem über die ganze Frontseite laufenden Stubenbalkon fassen kann. Klaras und Ulrichs Neffen reisen an, ihre Schwestern und die eine Schwägerin. Am Abend auf der Couch in der Stube liest Vater Ulrich aus dem grossen Wilhelm-Busch-Buch vor: *Die fromme Helene. Das Bad am Samstagabend. Hans Huckebein, der Unglücksrabe. Das Pusterohr.* Ulrichs Hochdeutsch, die derben Scherze, dazu die einschlägigen Zeichnungen tun ihre Wirkung, lassen uns bangen um die Geprellten, wir halten den Atem an vor Spannung, zu lachen gibt es nichts.

Die Engadiner Grossmutter fährt mit der Pferdekutsche vor und bleibt für zwei Tage. Sie ist unbeweglich geworden, das Alter ist ihr in die Beine gefahren, sie geht am Stock, und in der Stadt Zürich sieht man sie kaum noch auf der Strasse. Wo sie sich doch früher jeden Nachmittag im Café Huguenin an der Bahnhofstrasse mit ihren Damen traf. Damen, von denen Klara nicht viel hielt, hatte doch keine je nachgefragt, als es Letta schlechter ging.

Am gemeinsamen Nachtessen schiebt sie Gabel um Gabel Rösti in den Mund und kaut schmatzend eine Tranche Bündnerschinken oder Bündnerfleisch, luftgetrocknet, von Il Fuorn, Ofenpass. Wenn sie das ungemein würzige, hauchdünne Stückchen Leckerbissen zwischen den Zähnen hat und es langsam und genüsslich zerbeisst, wird die alte Frau versöhnlich und sanft. So haben sie Klara und Ulrich am liebsten. „Gib mir noch einen Mundzerspül", bittet sie. Etwas, um den Mund zu spülen, sollte es heissen, und meint damit das Tockenfleisch. Ihr Deutsch hinkt immer noch.

*

Weihnachtsgeschenke, die Klara versteckt hält, werden an Heiligabend unter dem Christbaum liegen, den Ulrich mit seinem Sohn aus dem Bergwald holt. „Warum sich einen Christbaum auf dem Markt kaufen?", fragt der Prinz in die Runde, packt das Bergseil und den Fuchsschwanz in den Rucksack. Sie freveln bei Nacht, mein Bruder wird bleich vor Angst, möchte sich am liebsten in die Büsche schlagen. Doch der Vater will aus ihm einen richtigen Mann machen.

Klara schmückt den Christbaum in aller Verborgenheit, verteilt die Geschenke darunter häufchenweise, wird die Türe endlich aufschliessen, vor der wir Kinder schon warten, und uns anhalten, ein Weihnachtslied anzustimmen, während wir ohne Hast vor die brennenden Lichter treten und die erste Strophe zu Ende singen. Und die weiteren Strophen? Ein frommer Wunsch, Klara. Zu neugierig sind wir auf das, was unter dem Christbaum liegt. In diesem spannenden Moment haben wir den Wortlaut vergessen. Es fliegen Sternchenpapiere auf den Boden, silberne und goldene Bändchen und Schnürchen, bis die ganze Herrlichkeit unverpackt vor den Beschenkten liegt, alle Herrlichkeit auf Erden.

Oder doch nicht ganz? Kommen etwa Misstöne auf? Hätten die Mädchen lieber Winnetou als Heidibücher? Lieber eine Märklin-Lokomotive oder eine Dampfmaschine, die richtig zischt und schnaubt, wenn man sie in Betrieb setzt? Lieber Skier statt Schlittschuhjupes und handgestrickte Strumpfhosen? Nein, mit der geltenden Rollenverteilung sind wir noch ganz zufrieden, es käme uns nicht in den Sinn, daran zu rütteln. Aber wir wagen eine Kritik wie etwa: „Diese Strumpfhosen beissen!" Was auch zu erklären ist, da aus grober, strapazierfähiger Wolle.

In ihrer Kindheit, sagt Klara gereizt, habe es ein einziges Geschenk für jeden gegeben, weder Markenskier noch elegante Sportbekleidung, sondern ein von der Mutter geschneidertes Kleid. Hier bricht sie ab und beschliesst ihren Monolog stumm: Luxus ist anstrengend, aber irgendwie hängt man eben doch daran.

*

Man trifft sich auf dem Silvesterball im Hotel Braunwald mit Glarner Textilindustriellen, Maschinenindustriellen, Zürcher Zahnärzten und Anwälten, etwa zehn illustre Paare gehören zu diesem engeren Kreis. Klara in ihrem Balenciaga-Kleid wird von einem gewinnenden Herrn der Tischrunde angelächelt, aufs Parkett geführt und beim Tango an sich gedrückt. Klara hatte keine Absichten, als sie sich in der Abendrobe an Uelis Arm durch die Winternacht ins Hotel Braunwald führen liess. Und nun taumelt sie in den Armen ihres Tänzers, zwirbelt, lässt sich ins Ohr flüstern. Die auf ihr Dekolleté gehauchten Komplimente verleiten sie, mit dem Feuer zu spielen, das in ihrem prosaischen Alltagsleben fehlt.

Auf dem Heimweg kommt es zu einer Auseinandersetzung zwischen den Eheleuten. Am nächsten Morgen schaut Klara mit versteinertem Gesicht zu, wie Ulrich wortlos den Rucksack packt und verschwindet. Er wird die Sesselbahn nehmen, von der Bergstation Gumen mit den Seehundsfellen zum Seblengrat aufsteigen, ins unberührte Bösbächital hinunterfahren, über die nächste Geländekette zum Oberblegisee aufsteigen und nach einer langen Abfahrt durch

Tiefschnee mit Steilpassagen endlich in Schwanden im Talboden des Linthtals ankommen. Von dort mit der Eisenbahn nach Zürich reisen, um am Morgen des zweiten Januars pünktlich in seiner Anwaltspraxis einzutreffen.

Die ehelichen Unstimmigkeiten verrauschen so, wie sie gekommen sind. Ulrich kennt kein besseres Rezept, um mit sich ins Reine zu kommen, als sich einen ganzen Tag der Bergwelt auszusetzen. Klara wischt sich noch dann und wann verstohlen eine Träne ab, und wenn das Wochenende naht, sehnt sie sich ihren Ueli wieder herbei. Er erscheint spätabends, wieder als Sportsmann mit Skiern und Rucksack, diesmal aber dauert der Aufstieg bloss ein paar Minuten, nämlich von der Bergstation der Braunwaldbahn bis zum Chalet Wiesenrain, den er im Eilmarsch zurücklegt.

In sportlicher Hinsicht hält Klara gegenüber ihrem Ueli nur einen einzigen Trumpf in der Hand: Schlitteln. Sie überholt ihn in den Kurven kichernd und ohne Anstrengung, geradezu mühelos, während er eins übers andere Mal ausleert und nicht recht weiss, wie seine langen Beine zum Steuern zu gebrauchen sind. „Ich bin ein Flachländer!", ruft er aus, an die ostpreussische Küste erinnernd, während ihm Klara auf- und davonfährt.

*

Zurück in Zürich, schickt Klara ihre schulpflichtigen Kinder nach sieben Wochen Bergschulbesuch, wofür sie eine spezielle Erlaubnis vom städtischen Schulamt eingeholt hat, wieder in ihre angestammten Schulklassen. Sie kommen sich als Aussenseiter vor, gehören zu den ganz wenigen Schulkindern im Kreis 6, die Winterferien kennen, geschweige denn eine eigene Skiausrüstung besitzen.

„Warum diese Sonderrechte?"

„Du weisst", entgegnet Mutter Klara, „dass es nicht um euch Mädchen geht. Es geschieht zum Wohle eures Bruders." In der Bergschule, Achtklassenschule, ging es anders zu und her als in der Stadt. Bis wir uns an stilles Arbeiten gewöhnt hatten, während der Lehrer mit anderen Schülern Kettenrechnen übte, mussten wir bereits wieder abreisen. Im Kopfrechnen, und das war mir besonders peinlich, gehörte ich zu den Langsamsten.

„Ihr seid reich, stinkreich, Reichsein stinkt!", wirft mir die Schulfreundin Lilly an den Kopf. Mein Schullehrer scheint Ähnliches zu vermuten, wenn er auf dem Heimweg fragt: „Wird in eurem Haus am Morgen schon geheizt?"

„Ja, die Zentralheizung läuft." Dies im Jahre 1949, während in des Lehrers Wohnsiedlung an der Kinkelstrasse, die wir entlanggehen, noch Holzöfen stehen wie zu Kriegs- und Vorkriegszeiten. „Ich will nicht reich sein", sag ich zu meiner Mutter. Klara weiss auch nicht recht, was darauf antworten, und meint: „Rede doch nicht so dumm."

Sie kümmert sich so gut wie nicht um die Schule. Sie erwartet Selbständigkeit sowohl in den Hausaufgaben als auch im Umgang mit Mitschülern. Wenn wir als spätere Mittelschüler gelegentlich unter den Aufgaben ächzen, zeigt sie kein Mitgefühl, sie, deren Vater ihr seinerzeit nicht einmal zugestand, die Sekundarschule zu besuchen. Der Lehrer sprach sogar persönlich im Buchwald vor, um den Dachdecker umzustimmen, vergeblich. Siebte, achte Klasse, dann war Schluss mit der Schulbildung. Klaras Lesestoff als spätere Familienmutter sind Biographien, meist von Frauen.

*

Klara treiben Sorgen um. Ich glaube zu wissen, was sie nicht loslässt, begleitete ich sie doch wenige Wochen zuvor ins Sanatorium Niederschlacht unterhalb von Braunwald - ein kleines Mädchen, das im Wartezimmer bleiben musste, während Klara im Sprechzimmer des Doktors verschwand.

Auf dem langen Heimweg streng bergauf vertraute mir Klara unter dem Siegel der Verschwiegenheit eine traurige Botschaft an. Ihr Sohn, habe ihr der Arzt im Sanatorium eröffnet, würde das vierzehnte Altersjahr kaum überleben, die Pubertät sei vermutlich eine zu grosse Hürde. Immer wieder blieben wir stehen und wischten uns die Tränen ab.

„Ist das denn sicher? Wie kann man es wissen?" Klara zuckte mit den Schultern, liess sich in der Folge nichts anmerken, zog den Karren tapfer weiter. „Lieber Gott, lass meinen Bruder nicht sterben", betete ich fortan jeden Abend vor dem Einschlafen und hörte erst auf, als er seinen sechzehnten Geburtstag hinter sich hatte.

*

Kosmetik im Salon Grieder

Bei der Unterzeichnung des Mietvertrags mit den Hausbesitzern Schlaginhauf erwirkte der Advokat seinerzeit ein Kaufrecht auf die Liegenschaft, und bald trat Schlag auf Schlag ein, was vereinbart worden war. Ulrich übernahm einen bestehenden Grundpfandbrief und amortisierte ihn Jahr für Jahr, bis die Schuld abbezahlt war. So erwarb er das Haus und beanspruchte für seine Familie nebst dem Parterre auch die erste Etage, während Schlaginhaufs, Privatiers, in ihrer Dachwohnung lebenslängliches Wohnrecht genossen. Nun war Schlaginhauf Mieter und der Advokat Besitzer, und auch mit vertauschten Rollen liess sich in gutem Einvernehmen leben.

*

In gesunden Tagen blendet Frau Schlaginhauf, die wir Tante nennen, gerne zurück in bessere Zeiten, als man sich zu den Herrschaften am Zürichberg zählte und sich schon in den frühen zwanziger Jahren ein Auto leisten konnte. In der Garage der Villa zeugt eine kleine Tanksäule mit Schlauch, Stutzen und Tankuhr von diesen goldenen Zeiten. „Als die Letzistrasse noch ein sprudelnder Bach war und unsere Villa allein dastand, allein in grünen Wiesen ..." So beginnt sie jedesmal ihre Schilderung. Manchen Fragen weicht sie aus: Warum sie und ihr Mann, gebürtige Basler, nach Zürich gekommen seien und was der Onkel denn für einen Beruf gehabt habe. Irgendwann fällt die Bemerkung Kriegsgewinnler, niemand weiss Genaueres.

Aber dass sie Baslerin sei und bleibe, sagt sie stolz, singt mit zittriger Stimme: „Z'Basel a mim Rii, kennt nit scheener sii ...", reist Jahr für Jahr an die Mustermesse und kehrt mit zuckersüssen Messmöggen zurück. Jedes von uns darf drei dieser dicken Lutscher auslesen, einen smaragdgrünen, der nach Pfefferminze schmeckt, einen himberroten, der die Zunge färbt, und einen honiggelben, der sich im Gaumen sammetweich anfühlt und zu Honig zerfliesst. Die Tante lehrt uns stricken, ihre Geduld ist rührend. Man kann dabei so viel falsch machen. Dass die Erde rund ist, veranschaulicht sie anhand der Strumpfkugel: „Das ist die Erde."

„Und was ist ausserhalb?"

„Nichts, das siehst du doch." Der Onkel zitiert deutsche Reime: „Am Baume hängt 'ne Pflaume ..." Spielenderweise übt er mit uns das Einmaleins. Blitzschnell zählt er fünfstellige Zahlen zusammen, subtrahiert, multipliziert. War er ein mathematisches Genie?

An einem fünften Januar kommt die Katastrophe. Der Onkel steht nicht wie üblich auf der Strasse, um uns zur Rückkehr aus den Weihnachtsferien als Erster willkommen zu heissen, das Neue Jahr anzuwünschen, das Garagentor zu öffnen und beim Entladen des Autos zu helfen. Hastigen Schrittes erscheint dagegen Sohn Benjamin, bittet den Advokaten beiseite. Unter vier Augen unterrichtet er ihn offenbar über etwas Vorgefallenes. Das Gesicht unseres Vaters verdüstert sich.

„Onkel ist schwer erkrankt", rückt Klara heraus. Sie flüstert, unterdrückt die Tränen. Wir glauben ihr nicht. Am nächsten Tag gibt sie zu: „Er lebt nicht mehr." Entsetzen und Verwirrung bei uns Kindern. Tröpfchenweise sickert die Wahrheit durch: Er hat sich umgebracht.

„Wann?"

„Frühmorgens, am Tage unserer Rückkehr."

„Warum?" Vater Ulrich, der sich nicht scheut, den Fall offenzulegen, verschafft Klarheit: „Bei Schlaginhaufs war der letzte Franken aufgebraucht. So kläglich wollte sich der Mann vor mir nicht zeigen. Er hat sich mit dem Revolver erschossen."

„Da oben ist vieles gelaufen", ergänzt Klara, „von dem wir keine Ahnung haben." Ungewollt hat sie einmal bei offenem Fenster etwas aufgeschnappt. Führten die beiden ein Scheinleben?

Wenn Benni die Eltern besuchte, wurde es laut im oberen Stock. „Es ging um Geld, um nichts anderes", weiss der Advokat, nennt Benni einen lichtscheuen Burschen. „Er war ein Zuhälter", präzisiert Klara und bedauert, dass dessen Bruder Ferdinand, ein hoffnungsvoller Sohn, viel zu jung an Diphterie gestorben sei.

Als Zuspitzung dieses tragischen Abstiegs war Witwe Schlaginhauf für ihren bescheidenen Lebensunterhalt auf eine neue Einnahmequelle angewiesen. Sie vermietete ein Zimmer an eine Baslerin, Kosmetikerin im Salon Grieder an der Bahnhofstrasse. Klara wurde deren Kundin. Silvia Ognissanti führte auch Klaras Töchtern vor, wie das Gesicht zu pflegen und zu schminken und dabei immer auch der Hals einzubeziehen sei. Es gab niemand, der die Augenbrauen so flink zupfte wie sie, wobei ihre Hand mit der Pincette auf- und niederhüpfte, als ob sie elektrisiert sei. Fünfzehn Jahre blieb Silvia in der Mansarde als Untermieterin wohnen. Wenn sie zuhause war, hörte man sie singen. Sie kochte in Schlaginhaufs Küche ihr Abendessen und teilte es mit ihrer Vermieterin. Plötzlich schien eine Meinungsverschiedenheit zwischen den beiden Frauen aufzukommen, dann gab es Streit und ein Jahr später zog Silvia Ognissanti aus.

*

Vom oberen Stockwerk dringen Klopflaute nach unten. „Geh du hinauf", bittet Klara, was mich viel Überwindung kostet. Was würde ich da oben antreffen?

Frau Schlaginhauf liegt hilflos am Boden und schlägt mit dem einen noch beweglichen Arm um sich. Der andere ist seit dem letzten Schlaganfall gelähmt. Sie ist verwirrt, steht mitten in der Nacht auf und will Kaffee kochen. Einmal bleibt der Gashahn am Herd offen, bis der Gasgeruch das Treppenhaus hinunterfällt. Die Zwischenfälle häufen sich. Klara zeigt wenig Mitgefühl: „Frau Schlaginhauf gehört in ein Heim." Bald darauf wird sie in eine alte Villa am Rigiplatz überführt, wo sie in einem Sechserzimmer, bleich und entrüstet über die vielen fremden Bettnachbarinnen, auf den Tod wartet. Nach zweieinhalb Wochen Liegezeit stirbt sie und wird im Beisein von drei Leuten auf dem Friedhof Fluntern beerdigt: Klara, Silvia Ognissanti und Benjamin Schlaginhauf, die rasch wieder auseinandergehen.

*

Der schwebende Lift

Das Haus an der Gerbergasse, Ulrichs Büroadresse, ist dem Abbruch geweiht. Hier, in Nachbarschaft von Jelmoli sowie neu geplanter Warenhäuser, soll Zürichs Shopping Area entstehen. Den beiden Advokaten kommt dies nicht ungelegen, sie lösen ihre Bürogemeinschaft auf.

An der Claridenstrasse hinter dem Mythenquai, freie Sicht auf See und Berge, zieht Ulrich in ein Geschäftshaus mit vier Eingängen, vielen Parkplätzen und zwei zeitgemässen, schnellen Lifts. Zuvor, an der Gerbergasse, schwebte man im Lift ganz gemächlich in die Höhe, man sah durch die Eisenvergitterung auf die Eingangshalle in der Tiefe sowie auf die Seilzüge mit dem sinkenden Gegengewicht, Sinnbild einer entschwindenden Welt.

Nun kommt auch das Auto täglich in Gebrauch. Ulrich biegt zwischen Universität und Polytechnikum in die Künstlergasse ein, überquert den Hirschengraben und parkiert am Rande der Altstadt. Dort bleibt es vormittags und nachmittags jeweils vier Stunden lang am Strassenrand stehen und erlaubt seinem Besitzer, seine täglichen Märsche bis ins Büro durch seine geliebte Kirchgasse mit den Buchhandlungen, über die Limmat und am Fraumünster vorbei bis zur Claridenstrasse zurückzulegen. Doch später werden Parkfelder aufgemalt, die Parkzeiten beschränkt, dann und wann steckt ein Bussenzettel hinter dem

Scheibenwischer, was nicht immer viel heissen muss. Es gibt noch Polizisten, die nachsichtig sind, wenn der Advokat darlegt, dass er sich umständehalber verspätet hat. Oder wenn eine seiner drei Töchter auf dem Wachposten vorspricht und sich für den Vater entschuldigt.

Waren es früher Gewerbetreibende, die das Advokaturbüro aufsuchten, melden sich an der neuen Adresse Firmen- und Fabrikbesitzer, dynamische Köpfe, die sich den wirtschaftlichen Aufschwung der Nachkriegszeit zunutze machen und daran selber nach Kräften mitwirken. Klaras Mann teilt fette Erbschaften, gründet Aktiengesellschaften, Zweigniederlassungen und Holdings im Namen seiner Klientschaft. Diese rekrutiert sich unter anderem aus dem Ruderclub, dem Akademischen Alpenclub Zürich und dem Schweizerischen Akademischen Skiclub SAS, denen er seit der Studienzeit angehört.

Dass er neben Jurisprudenz auch einige Semester Nationalökonomie studiert habe, weil er lange Zeit nicht sicher war, zu welchem Fach es ihn mehr hinziehe, betrachtet er als Glücksfall. Da es eigentlich immer um Geld gehe, komme ihm das gelegen. Er sei vielleicht weniger brillant als andere, räumt er ein, aber er halte an unabdingbaren Prinzipien fest. Wie zum Beispiel, seine Mandanten zu überzeugen, bei der einmal beschlossenen Strategie zur Durchsetzung ihres Anliegens unter allen Umständen zu bleiben. Auch in Vater Ulrichs familiärem Leben dringen seine eisernen Regeln durch. Bei seinen Kindern prallt er oft ab mit den vielen Lehrsätzen, von denen einer heisst: „Bleibt euch selber treu." Und ein anderer: „Redet mit euch selbst." Und ein dritter: „Werdet nie Bürge. Wenn ihr jemandem helfen wollt, verschenkt lieber euer Geld!"

Klara gibt Gegensteuer und redet leise, aber bestimmt von Herzensbildung. Gütigsein steht für sie im Mittelpunkt, und das müsse, wie anderes, gelernt werden.

*

Auf in den Süden

Klara erkrankt erneut. Der ohnehin schwache Blutdruck sinkt in den Vormittagsstunden in ein ungeahntes Tief. Ihr Gesicht wird zur Maske, sie ermattet. Ihre Lungen sind entzündet. Nach Rücksprache mit dem befreundeten Internisten Alois wird beschlossen, Klara erneut in seine Obhut zu geben, diesmal in das Kantonsspital Chur, wohin der Mediziner als Chefarzt berufen worden ist.

Ulrich bangt um ihr Leben und jammert: „Es ist um ihre körperliche Widerstandskraft geschehen! Am Boden ist eure Mutter jeweils in wenigen Tagen, aber bis sie wieder auf dem Damm ist, muss man mit Monaten rechnen!" Sonntags fahren alle zu Klara auf Besuch. Es sind ernste, wiewohl abwechslungsreiche Ausflüge, regelmässig wird unterwegs in einem Restaurant zu Mittag gegessen. Wenn sie das Bett mit der bleichen Frau, ihrer Mutter, umstehen, die sogar ein paar Worte reden mag, finden sie sich mit ihrem Schicksal wieder eher zurecht und reden sich ein, dass alles einen guten Ausgang nehmen würde.

An den Wochentagen ist die Stimmung gedrückt. Während der Mahlzeiten am Familientisch entladen sich Regenwolken, jemand beginnt zu weinen und steckt die anderen an. Vater Ulrich löffelt schweigend seine Suppe und schiebt sich kleine Brotstücke zwischen die Zähne. So beklemmend ist es an diesem Familientisch, dass beim einen oder andern die Sicherungen durchbrennen. Ein lauter Wortwechsel ist die Folge, dem der Vater sehr bestimmt und brüsk ein Ende setzt und nochmals Tränen heraufbeschwört. Man geht vom Tisch und freut sich nicht auf den bevorstehenden Schulnachmittag. Man gehorcht. Gehorsam kann über die innere Verlorenheit hinweghelfen. So geht es den Kindern, und so geht es auch dem Vater, der sich wegen dringlicher Geschäfte in seiner Anwaltskanzlei vom Familienalltag absetzt. Am tapfersten verhält sich Adele, das italienische Dienstmädchen. Sie kocht so, als ob Klara da wäre.

Liebe Mutter, schreibe ich ins Spital, *heute haben mir mein Bruder und sein Freund Heiner von der Langensteinenstrasse den Schirm weggenommen und meiner Freundin auch, dabei war es mein schöner Geburtstagsschirm, den ich von der Gotte erhalten habe. Und meine Freundin Lottie hat den ihren auch von der Gotte bekommen, und nur um uns zu ärgern, haben sie das getan. Wir wurden vom Regen ganz nass, und als wir, zu Hause angelangt, unsere Schirme wieder haben wollten, sagten sie spöttisch, wir könnten sie im Garten suchen gehen. Weisst Du, wo wir sie gefunden haben? Hinter dem Gartenhaus, und jetzt sind sie nicht mehr neu, sondern verdreckt!*
Ich bin wütend auf die Buben, weil sie immer solche Dinge tun, einfach, um mich zu ärgern. Warum sind Knaben anders als Mädchen? Oh, wenn Du hier wärst, könntest Du ihnen die Meinung sagen. Du musst bald

wieder nach Hause kommen. Es ist hier alles so leer und kalt ohne Dich. Manchmal haben wir auch Angst.

Während Klara den Brief liest, überfliegt der Chefarzt Klaras Krankengeschichte: Bei Eintritt starke Ermattung, Pneumonie in virulentem Stadium, hohe Blutsenkung, Blutdruck sehr tief, fiebrig. Patientin atmet schwer, schläft fast den ganzen Tag. Künstliche Ernährung über Sonden. Calcium und Penicillin über den Venentropf. Schonende Heilgymnastik in liegender Stellung, Patientin morgens und nachmittags zehn Minuten aufsetzen auf die Bettkante, Beine in vertikaler Stellung als Thromboseprophylaxe.

Doch schon am dritten Tag heisst es: Spricht auf die Medikamente an, Fieber gesunken, Allgemeinzustand lebhafter, hat die Augen dann und wann geöffnet. Trinkt Schwarztee mit einem Röhrchen, schluckt Reisschleim. Weiterhin künstliche Ernährung.

Am Ende der ersten beiden Spitalwochen: Lungenschatten auf Röntgenbild unverändert. „Was anzunehmen war", sagt der Arzt, „schliesslich können wir nicht zaubern. Auch wir Mediziner brauchen Geduld." Er weiss, dass die Lage ernst ist. Freut sich aber auf die Herausforderung, Klara unter seine Fittiche zu nehmen. Seine ersten ärztlichen Anweisungen erfolgten vom Felde aus. Er verlässt sich auf seine ärztliche Intuition, die ihn bei Klara noch nie fehlgeleitet hat. Er kennt ihren einfühlsamen, zurückhaltenden, zu jedem Opfer bereiten Charakter, in dem viel mehr

Kraft schlummert, als man auf Anhieb vermuten würde. Nicht nur wegen Alois, nicht nur wegen des gewinnenden Chefarztes mit der hohen Denkerstirn empfindet sie ein prickelndes Gefühl. Auch wegen des Anhangs von jungen Assistenzärzten, die lernbegierig auf jedes Wort ihres Chefs horchen. Klaras Krankheitsfall scheint lehrreich, und Klara kommt sich während dieser etwa zehn Minuten dauernden Arztvisite immer wichtig und gleichzeitig tragisch vor.

*

Wieder fliegt Klara ein Briefcouvert auf die Bettdecke. Die Schrift kennt sie, etwas steil und unbeholfen, gewiss nicht von einer schreibgewohnten Hand. Ach ja, es ist dieselbe Schrift, die in Klaras Haushaltbüchlein verewigt ist. Auch dort schauen die Buchstaben in alle Richtungen, die Unterlängen sind unschweizerisch eckig, die kleinen a und e lassen sich fast nicht voneinander unterscheiden. Klara öffnet das Couvert und liest die Anrede: *Chère Madame!*

Adele bittet Madame, ob sie an einem der nächsten Samstagnachmittage freinehmen dürfe, um dem Abbé bei seiner Kleidersammlung zu helfen. Die Sendung gehe in ein französisches Berggebiet, wo die Leute arm, mausarm seien. Ob sie noch ein altes Röcklein, das der kleinsten Tochter zu knapp geworden ist, beilegen dürfe? Madame fehle ihr und der ganzen Familie sehr. Das Haus sei jeden Tag für ihren

Empfang bereit, *ça brille*, alles stets auf Hochglanz poliert. *Je vous embrasse*, Adele.

Ach, die Gute, denkt Klara, während sie den Brief zusammenfaltet und noch ein Viertelstündchen in der Hand hält, gerade so lange, wie ihre Gedanken bei dem Dienstmädchen verweilen. Tüchtig ist sie, zugegeben, und doch versteht sie es wie keine ihrer Vorgängerinnen, die der Reihe nach Rösli, Margrit, Georgette und Hélène hiessen, Klara auf die Nerven zu gehen. Manchmal pocht sie auf Kleinigkeiten, die nicht der Rede wert sind, und bringt Madame in Rage. Man könnte Adele pedantisch nennen, fährt Klara in Gedanken fort, was gar nicht passt zu ihren zerschlissenen Seidenstrümpfen, die an den kurzen, recht kräftigen Beinen herumschlottern, weil sie ein paar Nummern zu gross sind.

Adele kauft sich keine neuen, in der Grösse passenden Strümpfe, sondern holt sie sich aus dem Papierkorb, wo Klaras zerschlissene Exemplare landen. Adele macht diese zu ihren Alltagsstrümpfen und trägt sie wochenlang weiter, woran Madame nur bedingt Freude zeigt. An Einladungen oder Familienfesten macht Adele immerhin eine Ausnahme und lässt an ihren Beinen schöne, helle, unversehrte Nylonstrümpfe schimmern, die sie zu Weihnachten oder zum Geburtstag von Klara erhalten hat.

Adele spart, und zwar in einem Ausmass, wie nur selten gespart wird. Keinen Fünfer lässt sie unnötig springen, hingegen schickt sie allmonatlich zwei Nötchen ihren Eltern nach Padua und gelegentlich eines ihrem Bruder, Priester in Bologna. Banknötchen freilich sind gemeint, und zwar, gemessen an ihrem Lohn, keine kleinen Summen. Das ringt Klara Hochachtung ab, so dass sie Adele immer wieder verzeihen kann.

Nur fünf Jahre ist Adele bei den Klosterfrauen in der Provinz Padua zur Schule gegangen, in der Zeit zwischen den beiden Weltkriegen. Hier in Zürich, in der Pauluskirche, hat sie ihren Beichtvater. Nach der Messe kommt sie auf dem Kirchenvorplatz mit Landsleuten ins Gespräch, vergleicht Monatslöhne, hört von Krankenkassen, die erst jetzt so richtig aufkommen, und verabredet sich für die Zugsreise in die Sommerferien nach Italien.

*

Der Oberarzt erscheint regelmässig, bevor er aus dem Spital nach Hause geht, an ihrem Spitalbett. Es ist seine letzte Abendvisite, sie darf entlassen werden. Sie murmeln etwas länger als sonst miteinander.

„Hör, liebe Klara, du weisst doch, deine Familie ist gross geworden, hast einen anstrengenden Mann."

„Allerdings", Klara fühlt sich verstanden.

„Wenn du das alles durchstehen willst, musst du jeden Frühling in die Erholung." Klara nickt ergeben, murmelt: „Wenn es denn sein muss." Aber bald, so wie es ihre Art ist, schickt sie sich drein, entdeckt das Vergnügliche an der ärztlichen Verordnung, sagt: „Andere gehen in die Kur, ich reise in den Süden."

Aber allein möchte sie nicht verreisen. So einsam an einem Tisch im Speisesaal sitzen wie eine Witwe im seidenen Kleid, viel Schmuck um Hals, Handgelenke und Finger, eine angebrochene Flasche Rotwein auf dem Tisch, die drei-, viermal wieder aufgetischt wird, nein. Warum hat sie denn drei Töchter, darf sie sich nicht, ihr und ihnen zur Freude, jeweils von einer begleiten lassen?

*

Klara besteigt mit mir den Nachtzug. In der Schlafkabine weist sie auf die perfekte Ausstattung hin, die frisch bezogenen Betten, den Spiegel, das Lavabo mit den Trinkgläsern, das warme, rötlich schimmernde Mahagoni, mit dem die Kabine ausgeschlagen ist. Sie öffnet das Schränkchen, darin weisse Frottétücher. Übermütig bestellt sie ein Glas Rotwein: „Prost! Damit schläft es sich gut in der Eisenbahn, nimm auch ein Schlückchen, morgen früh erwachen wir in Genua." Der Wein schmeckt der Elfjährigen nicht.

Kaum beginnt der Zug zu rollen, kommt totale Geborgenheit auf. Die Reisepässe, besonders kostbare Papiere im Jahr 1950, stecken im Innenfach der Handtasche, die Lira-Münzen für den Gepäckträger klimpern im Mantelsack. Klara lässt all ihre Pflichten hinter sich, das grosse Haus, die nächtlichen

Zwischenfälle mit ihrem Kind, das im Koma liegen könnte und sie in böser Vorahnung immer wieder horchen lässt, ob es regelmässig und ruhig atme.

Wie hab ich mich doch mit Elan in den Umbau unseres Hauses gestürzt, eine interne Treppe von der Parterrewohnung in den ersten Stock anbringen, die obere Küche in ein grosses Bad umwandeln lassen. So wurde aus den beiden Wohnungen ein Acht-Zimmer-Haus, wie habe ich das nur alles bewältigt?, fragt sie sich im fahrenden Nachtzug. Der Gartenumbau war auch keine Kleinigkeit, aber er hat sich gelohnt. Der Sitzplatz links für die Schlaginhaufs, rechts für unsere Familie, beide gegen Westen, gegen das Limmattal, der Abendsonne zugewandt. Die beiden grossen Blutbuchen wurden gefällt. Das neue Gartenhäuschen, wo sich im Sommer so gemütlich tafeln lässt, liegt doch goldrichtig in der hinteren Gartenecke, gegen den Pfarrhausgarten hin.

Als elfährige Tochter, die im Nachtzug mitfährt, träume ich von Erdbeer-, Himbeer-, Stachelbeerstauden, die ich voller Hoffnung mit meinen Geschwistern in eben diesem Garten gepflanzt habe. Die Enttäuschung war gross, weil in der Erde am Zürichberg, die aus schwerem Lehm besteht, nichts vom Gewünschten spriessen will. Der Schatten der Eibe schiebt sich unter jenen des Apfelbaums, und beide bilden einen dunklen Schirm über den drei Beeten.

*

Klara erwacht zur Fremdenführerin auf einem verlängerten Zwischenhalt in Genuas Innenstadt, zeigt mal links, mal rechts auf Hausfassaden, redet vom Goldenen Schnitt, macht auf hohe Portale mit geschnitzten Holztüren aufmerksam. Führt mir in der eleganten Einkaufsstrasse der Hafenstadt die schönen Schuhläden vor: „Das ist Italien!" Wir betreten eine Kirche, nehmen Platz im Mittelschiff. In der Seitenkapelle findet eine Andacht statt, die Gläubigen murmeln, Klara versinkt, die Augen geschlossen, in ein stilles Gebet. Sie wird mir später sagen, dass sie die Atmosphäre einer Kirche dazu dränge, dem lieben Gott zu danken, dass alles so gut gekommen sei. Ich glaube zu wissen, worauf sie anspielt.

Die Winterkälte sitzt noch in Mauern und Böden und in den marmorglänzenden Statuen. Was haben wir Touristinnen hier noch verloren? Hinaus in Wind und Sonne der Hafenstadt! In den Regen, der so heftig auf die Schirme niederprasselt, dass man trotzdem nass wird. Die Tropfen zerteilen sich nach dem Aufprall auf dem Strassenpflaster in tausend Spritzer. Deshalb sagt Klara: „Es regnet von unten." Also nichts wie los wieder auf den Bahnhof, hinein in ein rot gepolstertes Plüsch-Coupé. Im Küstenzug durchfahren wir viele Tunnel, dann und wann ein blumengeschmückter Bahnhof, an dem der Zug anhält: Nervi, Camogli, schliesslich Santa Margherita, unser Reiseziel. Ein Facchino nimmt sich unseres Gepäcks an, das Hoteltaxi steht bereit: „Benvenute!", ruft uns der Chauffeur zu und öffnet die Wagentür. Klara nickt: „grazie." Sie hütet sich, auch nur ein Wort Deutsch fallen zu lassen. Erst wenige Jahre sind seit dem letzten Krieg vergangen.

Das Hotel in Santa Margherita liegt über dem Riff, an das in der Tiefe die Wellen schlagen. Schiffe schwimmen vorbei. Hier fasst Klara den Entschluss, mit ihrem Ulrich dereinst auf eine Kreuzfahrt zu gehen. In der Tat wird sie auf der Andrea Doria ihre schönste und einzige Schiffsreise erleben, und sie kann es kaum fassen, als im Sommer 1956, nur drei Jahre nach deren Jungfernfahrt, dieses eleganteste und feudalste aller Passagierschiffe vor der Insel Nantucket im Atlantik mit einem anderen Passagierschiff bei Nebel zusammenstösst und versinkt.

Beim Kofferauspacken bekomme ich aus nicht ganz ersichtlichen Gründen einen Wutanfall. Doch, ich habe mich auf Langeweile einzustellen, auf ein Hotelleben an der terrassierten Steilküste, die jeden Sonnenstrahl einfängt, aber auch von heftigen Frühlingswetterlaunen heimgesucht wird, so dass jede Aussicht auf ein Meerbad schwindet. Und worüber hätte sich eine Elfjährige mehr gefreut als über einen Sprung vom Fels ins Wasser?

Im Speisesaal schwingt sich Klara erneut zur italienkundigen Führerin auf. Erst einmal durch den Speisezettel. So etwas Unbekanntes für mich wie Artischocken weiss sie elegant zu zerpflücken und Blatt für Blatt in die Vinaigrette zu tauchen und zwischen den Zahnreihen durchzuziehen, um das Blattmark abzustreifen. Das Beste sei das Herz, das in einer komplizierten Prozedur von den Samenhaaren befreit werden müsse. Klara lobt die Delikatesse, sie mag den bitterzarten Geschmack dieser Distelknospe, die ich mässig gut finde. Fast täglich wird Fisch aufgetragen. Auch das ist kulinarisches Neuland, kommt doch daheim Fisch nie auf den Familientisch. Klara schwelgt, ich habe mich bei jedem Bissen ein wenig zu überwinden. Dennoch grüsst Klara dahin und dorthin, wünscht *buon apetito*, und an den Nachmittagen werden wir von einer motorisierten Italienerin eingeladen, eine Fahrt auf der kurvenreichen Küstenstrasse bis Rapallo zu unternehmen, um dort in einer Bar an der Promenade Tee zu trinken. Mir wird bereits nach den ersten fünf Fahrminuten übel, und doch möchte ich mir das alles nicht nehmen lassen. Als ich mich Jahre später bei der Signora Giannini in ihrer Mailänder Wohnung zum Besuch anmelde, falle ich gerade äusserst ungelegen in die Anprobe der Wintergarderobe und damit in den geschäftigen Mailänder Alltag, das krasse Gegenstück zur Ferienatmosphäre an der Riviera.

In der vornehmlich weiblichen Gästeschar von Santa Margherita fühlt sich Klara ganz munter, obschon sie bei einem abendlichen Telefon mit ihrem Ueli die Erwartung durchblicken lässt, er werde doch, wie abgemacht, hoffentlich bald anreisen. Bis dahin will sie die eine oder andere Mailänderin, das sind die häufigsten Feriengäste, besser kennenlernen und ihr Italienisch täglich um ein paar Ausdrücke erweitern. Bald weiss sie, mit wem sie es zu tun hat, wie die Kinder gehalten werden, welchem Beruf die Ehemänner nachgehen und ob mit einem *rivederci* im nächsten Jahr zu rechnen sei.

*

Nachts schreckt Klara aus dem Schlaf, scheint zu fantasieren, steht rasch auf den Beinen und geistert im Hotelzimmer herum. Bis sie sich wieder gefasst hat, vergeht kaum eine Minute. Dann ist der Spuk vorbei, sie schlüpft wieder unter die Decke und seufzt. Wie war sie doch damals erschrocken, als man bei ihrem erst drei Monate alten Kind eine Funktionsschwäche der Bauchspeicheldrüse, Diabetes mellitus, diagnostizierte.

„Ist denn in deiner Familie so etwas schon vorgekommen? Die Krankheit ist doch erblich bedingt", meinte Ulrich haltsuchend. Ihr war nichts bekannt. Den Säugling konnte sie nach einem mehrwöchigen Spitalaufenthalt wieder nach Hause nehmen. Der Junge gedieh, dennoch breitete sich bei einem nächtlichen Koma Unruhe im Hause aus. Im Laufschritt ans Telefon, Türen gingen, Klara eilte treppauf und treppab, von der Küche ins Bad und wieder zurück ins Kinderzimmer, dem herbeigerufenen Arzt assistierend. Der schlanke, hochgewachsene Kinderarzt mit dem Bündner Dialekt versuchte jeweils als Erstes, Klara und ihren Mann zu beruhigen: Die Krise werde vorübergehen und der Bub überleben. Der Arzt entnahm Blut, analysierte den Blutzuckerwert und spritzte entsprechend Glukose oder Insulin. Nach einer Stunde Bewusstlosigkeit begann das Kind Galle zu erbrechen, was bis in die Morgenstunden dauerte.

Wenn der Arzt wieder gegangen war, huschte ich ins Zimmer des kranken Bruders. Mein Vater und ich sassen schweigend an seinem Bett. Dann bat er mich, allein Nachtwache zu halten, denn er brauche noch etwas Schlaf, und ich wurde angewiesen, mich ganz still zu verhalten, solange der Bruder bewusstlos sei, weil jeder Laut seinem Gehirn schaden könnte, und ihm die Stirn zu stützen, wenn er sich übergebe. Ich war fünf-, sechs-, siebenjährig, die Komas traten ohne Vorwarnung auf. Später wurden sie seltener.

*

Aus Detroit: Immer Dein Ueli

Ein Dutzend Männer in langen Regenmänteln und Hut, eine Mappe schwenkend, marschieren aus dem Flughafengebäude Kloten auf die Flugpiste hinaus und gehen die Treppe zur Super-Constellation hoch. Bevor sie einsteigen, schauen sie zurück und winken ihren Familien zum Abschied.

Klara steht mit ihren vier Kindern auf der Terrasse und schwenkt ihr Taschentuch, wischt sich verstohlen eine Träne ab. Ihr Ehemann hat hinter einem Fensterchen des Flugzeugs Platz genommen und winkt wieder. Die Motoren heulen auf, ein Propeller nach dem andern beginnt mit Lärm und Getöse zu rotieren, Rauch und Feuer schlagen aus den Rohren. Zwei uniformierte Flughafenangestellte haben sich mit Feuerlöschern vor die Propeller gestellt. Die Familien auf der Aussichtsterrasse verstummen, und ein paar Atemzüge lang fürchten sie, die Flammen könnten den Flieger in Brand setzen. Klara entschlüpft ein unterdrückter Schrei. Als der Riesenvogel über die Piste wegrollt und endlich abhebt und am Himmel immer kleiner wird, hat sie sich wieder gefasst.

Dass sie nicht mitfliegt, ist für sie selbstverständlich, handelt es sich doch um eine reine Männerreise. Ulrich, Rechtsberater der Automontage-Schinznach AG und junger Verwaltungsrat der AMAG, ist in Gesellschaft von Herren der boomenden Autobranche. Darunter Vertreter von Volkswagen, Dodge, Chrysler und Plymouth, Direktoren und Subdirektoren des Montagewerks und ausserdem tüchtige Garagisten und Autoverkäufer. Sie alle sind von Chrysler nach Detroit eingeladen.

Eine Flugreise nach Amerika im Jahre 1951 ist keine Alltäglichkeit. Was, wenn ein Flugzeugabsturz sie zur Witwe machen würde? Als ein Flughafenangestellter vom Flugfeld heraufgrüsst, winkt sie mit einer eleganten Handbewegung zurück. Klara wird mit ihrer Familie vom Chauffeur der AMAG in einem grossen Chrysler nach Hause gefahren. Für sich und die Kinder gestaltet sie den Abend zu einem kleinen Fest. Aufgetischt wird das, was sie mögen. Keine gebratene Polenta, keine Gerstensuppe, kein Weisskohlmus oder gekochte Karotten an einer weissen Sauce, wie sie für den geistigen Schwerarbeiter jeweils zubereitet werden, sondern ausnahmsweise Landjäger mit frischen Semmeln, Radieschen, Trauben und eine Schüssel mit geschwungenem Niedel zum Dessert. Nach dem Essen wird das Hütchenspiel hervorgenommen.

Nach sechs Tagen trifft Briefpost mit Absender Hotel Book-Cadillac, Detroit, Michigan ein. Ein fünfzigstöckiger Wolkenkratzer ziert den Briefbogen des Hotels. Ulrichs Handschrift scheint noch schwungvoller, die Sätze in Eile geschrieben:

25.10.1951
Über Nacht sind wir per Schlafwagen von New York hierher gekommen. Chrysler-Fabrik und -Forschungsabtei-

lung besichtigt, die sehr interessant. Abends mit der Chrysler-Leitung zusammen. Unglaublich tüchtige Organisatoren. Heute in Dodge-Lastwagen- und Plymouth-Fabrik. Letztere kann pro Tag 400-mal mehr Autos erzeugen als Schinznach. Da ist man plötzlich wieder nichts mehr. Diese Organisation ist derart ungeheuerlich, dass man sich in den kühnsten Träumen so etwas nicht hätte ausmalen können! Niemand springt, niemand schwitzt, und doch geht alles wie der Teufel. Aber arme moderne Sklaven, die diese monotone Arbeit ausführen müssen.
Meine Arbeit ist jetzt fertig. Das ist immer der Moment, wo ich sehr allein bin, wenn Du nicht bei mir bist. Ich hoffe, die Zeit bis zum Wiedersehen geht schnell vorbei.
Immer Dein Ueli

Am siebten Tag schaut Klara auf die Uhr: Jetzt muss er wieder in der Super-Constellation sitzen. Am Familientisch erfahren wir Advokatenkinder dann vom Vater, dass die Arbeiter bei Chrysler in laborweissen Arbeitsschürzen blitzblanke Motoren einsetzen, Kotflügel einpassen, Schläuche, Zündkerzen und Bremsen montieren, die alle auf dem Fliessband angefahren kommen.

Vater Ulrich hält mit seiner Bewunderung über den reibungslosen Ablauf der Fliessbandproduktion nicht zurück. Dann aber macht er uns mit übertriebener Gestik das monotone Schrauben-Anziehen vor und schliesst seine Berichterstattung mit einem eindringlichen Appell: „Die Unternehmer sind gerissen, zugegeben, mit den Arbeitern habe ich jedoch Bedauern. Macht euch auf die Socken und lernt etwas Vernünftiges!"

*

Warten

„Wir lassen uns von Klara abholen", hat Ulrich seinen Bergkameraden locker ins Telefon gesagt, als er die bevorstehende Tour vorbereitete. Der Uri-Rotstock sei eben fast nicht anders zu machen, hat er ihr erklärt. Man besteigt ihn von der einen Seite, von Engelberg Brunni aus, und fährt auf der anderen Seite ins sogenannte Grosstal hinunter. Klara verbringt mit uns die Nacht am Ausgangspunkt, der Rugghubelhütte SAC auf 2295 Meter über Meer, und während die Männer am nächsten Tag die Seehundsfelle an die Bretter schnallen und über den Berg gehen, entscheide ich mich kurzerhand, Klara auf ihrer Dienstfahrt zu begleiten. Von Engelberg kriechen wir mit dem Plymouth die schattigen Täler entlang, umrunden fast den ganzen Vierwaldstättersee, von Stansstaad über Luzern, Brunnen, Vitznau und Altdorf, winden uns durch teilweise vereiste Strassen mit der ständigen Angst im Nacken, irgendwo mit dem Auto stecken zu bleiben, um dann zur vereinbarten Stunde an einem Punkt zu stehen, hangaufwärts zu schauen, bis uns das Genick weh tut, und verdrossen, uns von Zeit zu Zeit die Arme warmschlagend, zu warten. Glücklicherweise sind wir diesmal zu zweit.

Das Ziel ist Isenthal. Hier endet für die Tourenfahrer die Ski-Abfahrt vom Uri-Rotstock. Es kann auch vorkommen, dass der Schnee bis weit hinauf geschmolzen ist und die Skier auf den Schultern talwärts getragen werden müssen. Nein, schwört sich Klara, das komme für sie in Zukunft nicht mehr in Frage. „Bestell dir für die Rückkehr ein Taxi und bezahl dafür!", sagt sie ihrem Gatten bei nächster Gelegenheit und bleibt dabei.

Sie zieht Bilanz: Wie oft hat sie nicht schon Blut geschwitzt, weil sie ihren Bergsteiger-Gatten in einem Bergschlund verloren glaubte. Das erste Mal jung verheiratet, schwanger und unerfahren im Umgang mit Alpinisten, wartet sie im Hotelzimmer von Chamonix auf ihren Ueli, der ins Montblanc-Massiv aufgebrochen ist. Er trifft einen Tag später als versprochen, unrasiert und ausgehungert im Hotel ein. Eine Rettungspatrouille ist von der Hoteldirektion bereits ausgeschickt worden, was er völlig überflüssig findet.

*

Jeden Monat Mai meldet sich Ulrich für sechs Tage ab. Die Walliser Haute-Route ruft, ein paar Viertausender zwischen Saas Fee, Zermatt und Arolla. Du hast es hundertmal erlebt, Klara, wie sorgfältig, fast andächtig er seinen Militärrucksack packt, jedes Ding in die Hand nimmt und es auf seine Tauglichkeit hin prüft: Höhenmesser, Kompass, Feldstecher, Schraubenzieher, Sackmesser, Meta-Kocher, der unabdingbare Zahnstocher, ein Bleistift und ein Stück Papier, Tao-Sonnenschutz, ein Stück

Schnur, eine Seilschlinge namens Prosig-Knoten, ein langes Hanfseil, Lawinenschaufel und Reservespitz aus Aluminium für den Fall, dass der Hickory Ski bricht, Reservegletscherbrille, Reserveleibchen, Reservesocken und ein abgenütztes Seidenfoulard gehören zur Standardausrüstung, die im Rucksack quasi zu Hause ist. Wenn er sich für eine Tour rüstet, kommen diese Dinge ans Tageslicht, werden wenn nötig auseinandergefaltet, eventuell Klara ausgehändigt, damit sie mit Faden und Nadel ein paar notwendige Stiche anbringe, zum Beispiel an den Seehundsfellen, die sich an Firn und Fels reiben. Klara näht ihm ein Schneetuch aus weissem Linen, das er sich über das Gesicht zieht, darin eingenäht eine Gletscherbrille mit Aluminiumgestell, so dass er aussieht wie ein Schneegeist. Ein totaler Sonnenschutz, der ihn so bleich zurückkehren lässt, wie er gegangen ist.

Das beruhigt dich immerhin, Klara, dass sich Ulrich für Wind und Wetter vorsieht, sonst wäre er, wie er selber sagt, in den Bergen schon hundertmal umgekommen. Sie nickt ergeben, ein Lächeln bleibt aus. Als Proviant bestellt er bei Adele in der Küche ein grosses Stück gekochten Speck sowie Butterbrote, belegt mit Sardellen und hartgekochtem Ei. Salz und Fett, die ideale Ernährung bei grossen Anstrengungen, das brauche er für seinen Energiehaushalt.

Am fünften Tag wird Klara unruhig, schaut auf die Uhr. Es vergeht ihr der Appetit, ihr Herz schlägt schneller. Warum ruft er nicht an? Ihre Wut wird zur Panik. Endlich, morgens um zwei das erlösende Telefon: „Wir sind wieder unten, liebe Klara, alles wohlauf." Sie spürt nur eines: Erleichterung. Überhört seine ersten begeisterten Kommentare und überhört auch, wenn er entschuldigend einräumt, alles habe eben ein bisschen länger gedauert.

Als Ulrich mit über sechzig gar mit einer Expedition auf den Mount Everest liebäugelt, ist Klaras Meinung gemacht: „Wenn du gehst", sagt sie, „bin ich nicht mehr da, falls du zurückkehrst." So lässt er es bleiben.

*

Jahrzehnte später, als mich während eines Ferienaufenthalts die Neugierde in das Alpinmuseum Pontresina lockt, entdecke ich in einem der vorhandenen Hüttenbücher den Eintrag von Ulrich C. vom 17. Januar 1929:
Von Tschierva weg 24.00 Uhr. Auf den Piz Roseg 5 3/4 Std. Abstieg über den Ostgrat auf Güssfeldsattel 4 1/2 Std. Traverse des Scerscen auf den Piz Bernina 9 Std. Abstieg über den Südgrat zur Marco e Rosa-Hütte.
Nachtlager: 2 Fr.
Holz: 3 Fr.

Zusammen mit dem nachmaligen Bergführer Karl Freimann bewältigt er drei Viertausender an einem

Tag, was einen alpinistischen Rekord darstellt. Und was besonders erwähnenswert ist: Aufbruch um Mitternacht.

*

Dreissig Jahre später auf dem Piz Chapütschin im Oberengadin, Vater und Tochter sind allein unterwegs, als sich der Grat plötzlich, wie aus einer Laune heraus, in dichten Nebel hüllt. Er sagt unbeeindruckt: „Klettere weiter voraus, ich sichere dich am Seil." Auf dem Gipfel bedauert er: „Leider kein Viertausender, meine Tochter, es fehlen ein paar hundert Höhenmeter." Was mir weit weniger ausmacht als die Nebelschwaden beim Weiterklettern auf dem Grat und das lockere Gestein, das bei jedem Griff und Tritt ein wenig wackelt und zwei Fingerbreit abrutscht. Könnte es nicht auch in die Tiefe donnern und mich mitnehmen?

*

Am Fusse des Ortstocks bei Braunwald bricht ein Schneesturm los. Zu fünft suchen wir Schutz in einem Felsvorsprung, genannt Teufelskapelle. Die Spuren sind sofort verwischt. Als der Sturm nicht abklingt, mahnt er zum Aufbruch: „Aufschliessen, nicht hinfallen!" Und singt durch das Flockengewirbel das Berglied mit dem wenig erheiternden

Refrain: „Ein Mann, der nach dem Höchsten strebt, braucht nicht im Bett zu sterben."

Bei Gefahr führt er die Route selber an, meist aber schickt er eine seiner „Gemsentöchter" voraus. „Folgt den Wildspuren", ruft er ihnen nach, „die Tiere wohnen hier." Ja, das kennen sie und finden so den sichersten Weg über einen Berggrat. Im Bruchharst der Rigi-Nordabfahrt rammt er die Stöcke ein: Quersprünge. An der Talstation höre ich zwei Männerstimmen: Wie behende doch dieses Mädchen den Hang hinunter kam. Keine Rede, bin ich mir doch im Gegenteil so ungelenk und lächerlich vorgekommen.

Tatsächlich enden unsere Sonntagstouren in die nahen Schwyzer Alpen, sei es auf den Tisch, den Rigi, den Husenstock, den Klingenstock oder den Fronalpstock, gewöhnlich im Bruchharst. Das nehmen wir in Kauf, denn Vater Ulrichs Spezialrouten münden immer in eine besonders lange, überraschungsreiche Abfahrt, die sonst nur Einheimische zu kennen scheinen. Sie lohnt die Mühen des Aufstiegs, wir springen über Bäche und klettern über Zäune, als ob wir keine Bretter an den Füssen hätten. Im Sport, war seine Devise, lernt man sich überwinden. Wer friert, bleibt das nächste Mal zu Hause. Das wollte niemand.

Klara verbringt die Sonntage in der Stube und freut sich über die Ruhe im Haus. Am Abend kehren wir alle wiedervereint und vergnügt bei De Boni an der Lagerstrasse ein, die die besten geschnetzelten Lebern mit Rösti servieren. Am Montag erscheinen wir zu unserem Verdruss mit hochrotem Kopf in der Schule. Die gebräuchlichen Sonnenschutzmittel Tschamba Fii oder Sherpa Tensing trugen wir auf unseren Touren nur widerwillig auf, denn Vater Ulrich behauptet, sie gerben die Haut, und wer wollte denn ein Gesicht haben wie ein Lederrucksack oder ein Sherpa im Himalaya?

*

Einmal kehren wir von einer Sonntagstour ohne Hund zurück. Unser Belgischer Schäfer und steter Begleiter, der vor lauter Übermut auf Rigi-Kulm über einen Grenzzaun springt, stürzt in den Abgrund. „Au wei!" Vater Ulrich schaut durch den Feldstecher, runzelt die Stirn und trifft mit den Männern der Pistenkontrolle alle Vorkehrungen, um den Kadaver zu bergen. Wir sind untröstlich. Klara findet kaum Worte.

Ein andermal muss Annastasia nach einer Sonntagstour, die nicht besonders strapaziös, aber wie immer recht ruppig gewesen ist, weil Vater Ulrich die Nordwand-Route gewählt hat, wo es quasi über Stock und Stein hinunter gegangen ist, zur mündlichen Aufnahmeprüfung der damals noch städtischen Töchterschule antreten. Die Sprache will ihr nicht recht aus dem Mund. Dabei sind die beiden Damen, die die Tochter in Deutsch mündlich zu prüfen haben, besonders zuvorkommend und verständnisvoll und versuchen unentwegt, der Kandidatin Mut zu machen. Ihre Prüfungsfrage lautet: Wie verbringst du die Sonntage? Was hast du beispielsweise gestern gemacht?

Das hat gerade noch gefehlt. Offensichtlich überrascht und belustigt vernehmen die beiden Prüferinnen, dass Annastasia auf dem Rigi war. Deren Interesse scheint ehrlich zu sein. Doch leider kommt die Kandidatin über diesen ersten Satz nicht hinaus. Immer wieder setzt sie an, um zu schildern, dass die Abfahrt durch eine abschüssige, von kleinen Felswänden durchsetzte Waldpartie führt, wo es keinerlei Piste gibt, sondern „Bruchharst", wofür sich jeder normale Skifahrer bedanken würde. Unter den Tannenbäumen, will sie stammelnd erklären, würden die Skier ganz plötzlich unter einem weggleiten, denn da sei die Schneeoberfläche von den herabfallenden Tropfen vereist. Ja, genau das will sie sagen, und hinzufügen, wie der eine oder andere durch die unerwartete und unbeabsichtigte Schussfahrt hingefallen sei, ein harmloses Abhöckerchen versteht sich, und es ein Gelächter gegeben habe. Und man sich gegen das Weggleiten und Hinfallen kaum habe vorsehen können, da die Natur tückisch sei, kein glatter Teppich wie eine schön vorbereitete Piste. Dass aber nichts passiert sei wie eine Verstauchung, ein Bein- oder Skibruch oder auch nur eine Schürfung, nichts dergleichen, solche Abfahrten gehörten zum

Sonntagsvergnügen mit ihrem Vater, der seine Berge kenne und ganz gewagte Stücke reite.

Annastasia fällt durch die Prüfung. Die Aufregung, die beteiligten Gefühle, alles ist zu stark für sie, um einen klaren Kopf zu bewahren. Weder der Vater noch seine Tochter kamen darauf, dass es nicht das Klügste sein könnte, am Vortag einer mündlichen Prüfung über den Nebel zu steigen. Klara kann den abschlägigen Bescheid des Schulsekretariats kaum glauben. Immer wieder liest sie die Zeilen: nicht bestanden.

*

Das Diner

Gott sei Dank hat man Freunde, mit denen dieser traurige und ernste Tag begangen werden darf, Freunde, die mit dem Jubilaren die verkürzte Altersperspektive teilen. „Fünfzig ist noch kein Alter", predigt Klara ihren Kindern, „fünfzig ist noch jung, schaut doch nur um euch, wie alt die Leute werden, der Nachbar links und rechts, weit über siebzig, und wie sie doch noch beide jeden Tag ausziehen, der eine mit dem Dackel, der andere mit dem Chow-Chow. Die sind besser dran als früher."

Im ganzen Haus brennen die Lichter. Adele nimmt den Gästen im Entrée Mäntel und Hüte ab und trägt sie in den oberen Stock. Der Aperitiv, das Beste daran sind die frisch gerösteten Salzmandeln von Sprüngli, steht im Wohnzimmer bereit. Es klingelt, wir drücken den Türöffner, die Haustür springt auf, die Schwingtür pendelt, zwei Paare schweben durch das Treppenhaus ins Hochparterre: Margi und Ruedi, Zahnärzte, die an Tüchtigkeit alles in den Schatten stellen und an gesellschaftlichen Anlässen das grosse Wort führen. Gefolgt von Martin, dem Bauunternehmer, mit seiner schlagfertigen Frau Hanna, eine richtige Zürcherin. „Wo gehst du zur Schule?", will sie von mir wissen. „Töchterschule, Abteilung III." „Ha, ein Kinderspiel! Da war ich auch, da brauchst du nicht viel zu büffeln!"

Nun bleibt die Haustür offen, weil ein ganzer Rutsch Gäste eintrifft, die Begrüssung wird laut: Willi und Lorli, Besitzer eines nicht grossen, aber gemütlichen Sommerhauses am Zürichsee, das sie jeden Sonntag ihren Freunden öffnen. Willi stammt aus dem Muotatal und hat als Gemeinschaftsgeschenk eine grosse Kuhglocke mit reich beschlagenem Halsband mitgebracht. Sie wird in unserem Entrée an der Wand befestigt und fortan mit zwei, drei Glockenschlägen die Familie zum Essen zusammenrufen. Der freundliche Doktor Binder meldet sich an mit seiner Frau, die Berndeutsch mit einer dunklen Raucherstimme spricht. Oder liegt es am Cognac, den sie sich, wie man hört, gerne genehmigt? Ernst, ein Mürrener, der Ulrich später nahelegen wird, sich an der Schilthornbahn als Aktionär zu beteiligen, redet so sanft, dass man ganz nah an ihn herantreten muss, um zu verstehen: „Wie geit's?" Die Anwälte Benno und Päuli mit Gattinnen sind die nächsten. Kollega hier, Kollega dort. Ulrich ist nicht zu überhören: „Nun ist die ganze Corona beisammen!" Er bittet sie in den Salon.

Und Klara verschwindet in die Küche, schiebt das Châteaubriand in den heissen Ofen und schaut auf die Uhr. Adele weiss Bescheid, braucht keine Anweisungen, könnte sonst leicht mürrisch werden. Dennoch wirft Klara einen Blick in die Pfannen: Die Bouillon ist klar und von goldener Farbe, so, wie sie sein muss. Im Aroma wunderbar, der erste Gang ist gerettet. Die Sauce mit Rindsknochen und Fleischabschnitten und der bestecken Zwiebel kocht leise im Pfännchen, auch gut. Der Blumenkohl liegt im sprudelnden Salzwasser, dürfte bald gar sein, der Salat ist gewaschen. Klara rührt mit der Holzkelle die Bramata, die goldgelb, körnig, mit geriebenem Parmesan verfeinert, im hohen Kochtopf auf ganz kleiner Flamme warm gehalten wird. Teller und Silberplatten liegen bereits im Tellerwärmer, indes die gebrannte Crème auf dem Küchenbalkon auskühlt. Frisches Dessertgebäck ist am Nachmittag von Sprüngli ins Haus geliefert worden. „Vous pouvez servir dans cinq minutes, s'il vous plaît." Dieser von Madame ausgelöste Startschuss bewirkt bei Adele doch noch eine kleine Nervosität, lässt sie vom Schüttstein zum Kochherd und zurück hasten, was Klara schon nicht mehr sieht, ist sie doch bereits im Esszimmer angelangt, um die Kerzen der beiden silbernen Leuchter auf der weiss gedeckten Tafel anzuzünden. Den Radiator dreht sie eine halbe Drehung zu.

Hansueli, der Chirurg auf der Notfallstation, und Ruedi, Ordinarius für Augenmedizin, sind immer die Letzten, deshalb ruft Ulrich: „Ihr seid ja schon hier." Die Gattinnen der beiden Ärzte verstehen den Spass, fallen Ulrich um den Hals, das Stimmengewirr schwillt an. Zum Schluss treffen Kari, Besitzer eines Zürcher Warenhauses, und seine Frau Margrit, Pianistin, ein. Sie hat bei Klara schon Hauskonzerte gegeben. Doch wenn die beiden als Gäste erscheinen, hat man das Gefühl, als müsse sie, die Jüngere, für ihren Kari sorgen. Sie werden auch als Erste wieder verschwinden, unbemerkt, auf Französisch.

Das Diner beginnt. Als Auftakt die hausgemachte Ochsenbouillon mit Mark, Oxtail clair. Für den Hauptgang gehen wir – Klaras Töchter und Adele, alle in weissen Schürzen – mit den Platten herum. Das Châteaubriand tranchiert Ulrich bei Tisch, stehend, aller Augen sind auf ihn gerichtet. Man erhebt die Gläser auf die Gastgeberin. Klara lächelt, sie weiss, dass an ihren Einladungen nichts daneben geht.

„Habt ihr nicht ein beneidenswertes Leben, ihr Frauen, könnt einkaufen, was euer Herz begehrt, während wir Männer arbeiten!" Lori und Lorli protestieren, es sei nicht immer Sonntag. Andere ärgern sich stumm, darunter Klara: Sähe Mendu, was für schwere Einkaufskörbe ich die steile Kinkelstrasse vom Gemüsemarkt an der Riedtlistrasse hinauftrage, er würde nicht so daherreden. Und der Konsumverein, wo man sich die Füsse vertritt, bis man drankommt. Nur gut, liegt die Bäckerei am Schulweg der Kinder, so bringen diese wenigstens das Brot nach Hause.

Wo sie die feinen sizilianischen Blutorangen besorgt, will Klara in diesem Kreis nicht preisgeben. Ihre Familie weiss natürlich, dass der Tipp von ihrer Freundin Emmi stammt, die Antiquarin am Neumarkt ist und mit vielen Trödlern und Händlern im Zürcher Industriequartier auf freundschaftlichem Fusse steht. Hier verkauft Benito Fiorini Früchte und Gemüse direkt ab Lagerraum. Im Wintermantel mit hochgeschlagenem Kragen am Stehpult hat der Händler den Telefonhörer am Ohr, das Geschäft läuft in den frühen Morgenstunden auf Hochtouren. An einem Vormittag steht auch Klaras VW zwischen den Lieferwagen an der Hafnerstrasse.

„Bella Signora, darf ich Ihnen zwei Kistchen einladen?" Klara wehrt ab: „Eines ist genug, die Kinder finden das Orangenschälen umständlich." Der Händler versteht, will es mit Klara nicht verspielen, sie hat bei aller Eleganz etwas Bodenständiges, bekundet Sinn für gute, gesunde Früchte, und geschäftstüchtig ist sie obendrein.

Das Quartier, das hinter dem Bahnhof beginnt und sich links der Limmat auf einer überschaubaren Fläche ausbreitet, hat für Klara einen besonderen Reiz: die Lagerschuppen, die kleinen Lastwagen, die Händler mit ihren Chauffeuren, die einfache Sprache und der herzliche Ton. Dass sie bei Fiorini Qualitätsorangen, nur allerbeste Ware, zu Engrospreisen einkauft, lohnt erst recht ihre Ausflüge ins Industriequartier.

Ulrich hält eine Tischrede. Klara sorgt dafür, dass die Platten nachgefüllt werden. „In welche Klasse gehst du?" Greti tippt mich am Arm. Doch nun ist Hans Grimm aufgestanden und bringt Witze zum Besten, auf Schwäbisch, einen nach dem andern, auch General Charles de Gaulle und Konrad Adenauer müssen herhalten. Hans Grimm verzieht keine Miene. Genau diese Eigenschaft, die einen geübten

Conférencier ausmacht, beherrscht mein Vater nicht, er lacht bereits vor der Pointe, kann kaum weiterreden, wischt sich die Tränen aus den Augen.

„Ist euch schon bekannt, was man sich vom alten Hux erzählt? In Büstenhalter und Damenslips soll man ihn im Garten gesehen haben." Benno macht sein Pokergergesicht, die Damen räuspern sich. Ulrich wechselt das Thema: „Amstutz schlägt vor, dass man sich in unserer Gesellschaft fortan nur noch im Cutaway blicken lasse. Wir sind doch nicht in England!", ruft er mit gespielter Entrüstung aus, „was ist eure Meinung?"

„Zooge, zooge, zooge-n-am Booge, Sunntig isch scho mängisch gsi ..." Willi, etwas weinselig, hat angestimmt. Anschliessend Ruedi: „Alles fahrt Schii ..." Die Zürcher Hochschulmeisterschaften stehen vor der Tür, sie werden die hier versammelten Mitglieder des Schweizerischen Akademischen Skiclubs, SAS, im gemütlichen Wyneggli in Klosters wieder zusammenführen. Auch die Schweizerischen Hochschulmeisterschaften im Monat März will man nicht verpassen, Padrutt offeriert dem Club ein Spezialarrangement im Palace St. Moritz.

„Köbi, hol die Gitarre hervor", bittet Ulrich. Im Chor singen sie *My bonnie is over the ocean*. Jeder kennt es. Vom darauf folgenden englischen Lied, das zu Köbis Repertoire gehört, singt dieser solo eine Strophe nach der andern, der Rest der Corona fällt in den Refrain ein: „My heart is down, my head is turning around, I had to leave a little girl in Kingstontown". Auch Ulrich wird aufgefordert, holt seine Klampfe und beginnt: „Auf der schwäbschen Eisenbahn ..." Kein Lied für Tierfreunde. Mir hat das Bockerl leid getan, das vom Bäuerlein am letzten Eisenbahnwagen angebunden wurde und, als der Zug losfuhr, vergessen ging.

*

Wo ist denn unser Päuli? In Gesellschaft gibt er sich zurückhaltend, steht beim schwarzen Kaffee mit dem Versicherungsfachmann Hansli abseits, sie tuscheln. „Immer dasselbe mit diesem Päuli", flüstert Lori, „er kann es nicht lassen, wird auch an Einladungen konsultiert."

„Weisst du, Ueli", wird Klara nach der Einladung sagen, „Päuli wirkt mit seiner ruhigen Art einfach sehr vertrauenerweckend. Was ich so höre, hat er unter unseren Freunden mehr Zulauf, du bist eben vielen zu laut." Ulrich antwortet mit Schulterzucken, scheint sich nichts daraus zu machen.

„Wie steht die Börse, Kari?" Ruedi wendet sich an den Richtigen, führt doch Kari ein börsenkotiertes Unternehmen: „Wir steigen immer riskant ein, engagieren uns auch im Ausland." Ueli warnt: „Ich setze auf bewährte Schweizer Aktien einerseits und Staatsanleihen mit langer Laufzeit anderseits und lasse die Papiere liegen. Ich verdiene mein Geld nicht an der

Börse, ich bin Anwalt! Das Praktische erledigt meine Frau."

„Wer wünscht einen Pflümli, wer einen Williams?" Ulrich hat die Flaschen aus dem Buffet geholt. „Remy Martin ist meine Marke, wenn ich so unverschämt sein darf", sagt Margi. „Benedictine für Lori und Lydia", bittet Klara, „und einen Sherry Hering für mich." Ulrich füllt die kleinen Likörgläser und wenn die Damen daran nippen, löst sich auch ihre Zunge, die Herren hat man ja schon den ganzen Abend gehört.

*

Am Morgen nach der Einladung versorgt Ulrich, vergnügt vor sich hin pfeifend, die Bretter des Ausziehtisches im Keller, schiebt die Tischplatten zusammen, trägt die hochlehnigen Stühle aus Lettas Erbe in den oberen Gang. Vom Diner ist kein Bissen übriggeblieben, ein paar Salzmandeln haben wir uns gerade noch geschnappt. Der Hausherr nimmt seine Klara in die Arme: „Ihr Töchter, habt ihr eure Mama beobachtet, wie sie ständig in Bewegung war, wie ein Schatten in die Küche huschte, damit alle Gäste schön bedient waren?"

Nun hätte ich mich zu Wort melden sollen, hätte dem Hausherrn energischer ins Wort fallen sollen, wütender: Ob er es denn wirklich richtig und angemessen finde, dass sich ausgerechnet die Gastgeberin nicht am Tischgespräch beteiligen, nur hie und da einen Wortfetzen erhaschen könne? Und die Mittlere hätte ergänzen können, dass sie es nicht verstehe, wie sich Mama so selbstverständlich in diese Rolle füge. Sie sei doch einmal eine sehr selbständige Hotelangestellte gewesen, ja eine Directrice.

Und auch die Jüngste, von der es ja hiess, sie sei gerne vorlaut und vorprellend, hätte bei dieser Gelegenheit nachdoppeln und die Geschichte vom alten Klavier endlich einmal vorbringen können, das in unserem Kinderzimmer stand, das alte Klavier vom Buchwald, auf dem wir unsere Fingerübungen, Etüden und einfachen Stücke klimperten und es, zugegeben, auch schlecht behandelten, denn manchmal traten wir mit den Füssen auf den Tasten herum. Doch langsam wurden wir ja vernünftiger. Schön anzusehen war es immer noch, mit den auf der Front prangenden Kerzenhaltern aus Messing, für Klara ein Stück Kindheit. Sie sah ihre Mutter darauf spielen, hörte sie singen, sah, wie sie nach dem Musizieren die Elfenbeintasten mit dem roten Filztuch sorgsam zudeckte, den Deckel sachte zuklappte. Auch mit uns Grosskindern sang sie, stimmlich schon etwas dünn. „Das Klavier ist nicht mehr zu retten", sagte ein Sachverständiger von Musik Hug. Klara schnitt es ins Herz. „Sauglatt", warf Klaras Ehemann ein, „mit diesem alten Möbel wäre ein lustiges Fest zu machen: Man stellt das Klavier auf ein Floss, und einer spielt darauf, während das Floss sich immer mehr auf die

Seite neigt, bis es in den Fluten untergeht. Was für ein Gaudi!" Klara schluckte leer. Zu dritt hätten wir ihn doch zum Schweigen bringen können.

Die Angelegenheit mit dem Miststock, die wir Mädchen nicht goutieren konnten, hätte man gerade auch noch aufrollen können. Liess unser Vater doch bei immer unpassender Gelegenheit die Bemerkung fallen: „Ich habe meine Klara vom Miststock herunter geheiratet." Darauf verdüsterte sich Klaras Miene. Hin und wieder wehrte sie sich auch, dann knurrte der Löwe: „Wie kannst du so etwas sagen, mein Vater war doch ein ehrenwerter Dachdeckermeister und meine Mutter eine gesuchte Schneiderin!" Wenn wir Töchter sie doch bloss in ihrem Protest unterstützt hätten.

Ende der fünfziger Jahre stimmte mein Vater gegen das Frauenstimmrecht: Die Frau gehöre an den Herd. Zwanzigjährig und erwachsen, beschloss ich, mein Elternhaus zu verlassen. Bis ich eine Wohnung fand und genug verdiente, um auswärts zu leben, wurde ich jedoch 23. Damals war mein Bruder schon bei der Handelsfirma R.W. Greef in London an seiner ersten Praktikantenstelle als junger Kaufmann, später in Genf bei Union Carbide. Die Mittlere beschloss, ihr Studium in Paris aufzunehmen, die Jüngste fünf Jahre später in Fribourg.

*

An der Bahnhofstrasse

Sitzt der Hut? Klara schaut sich von vorn, von der Seite, durch entsprechende Drehungen links und rechts herum auch von hinten im Spiegel an. Passt er zum Kleid? Stellt er nicht zu viel, nicht zu wenig vor? Ist es genau das, was alle als richtig empfinden für den Anlass? „Ich muss aufpassen", so Klara, „dass mein allzu kurz geratener Hals nicht in den Schultern versinkt. Siehst du, so." Darauf bedacht, den kleinen Schönheitsfehler auszugleichen, streckt sie ihr Genick so gut es geht, senkt ihre Schulterblätter und stellt den Busen heraus.

Für Hüte, meint sie kennerisch, sei ihr Kopf eigentlich zu klein, aber sie liebe es, sich für den Ausgang von Kopf bis Fuss zu kleiden. Dem Sohn gefalle die neueste Hutakquisition von Modes Jacqueline, und bei Hüten, behauptet sie, hätten Männer in der Regel ein sicheres Urteil. Das sagt Klara bei einem ausgefallenen Hutmodell, das asymmetrisch auf dem Scheitel sitzt. Eines aus grünem Samt mit Steckkamm, so dass es nicht herunterrutscht. Wenn sie mit Überzeugung darunter hervorschaut, vermag ein solches Exemplar wirklich zu gefallen.

Man sieht Klara von der Volksbank zur Bankgesellschaft und zur Schweizerischen Kreditanstalt gehen, um die Fälligkeiten zu erledigen. Am Schalter begrüsst man sie mit Namen und führt sie in die Katakomben. Von ihren vier Kindern nimmt sie jeweils eines mit auf ihren speziellen Gang. Wir staunen über die schwere, gepanzerte Türe, die im Soussol aufgestossen wird. Wir kennen die kleinen, klingenden Schlüssel, mit denen Klara und ein Bankbeamter gemeinsam den Tresor aufschliessen, und sind enttäuscht, als nur Papierbogen zum Vorschein kommen. Wir werden angehalten, die Coupons mitzuzählen. Klara zählt dreimal nach, im Flüsterton, erst dann schneidet sie die Coupons mit der grossen Schere ab. In dieser Tresorschublade, die nun offen auf dem Tisch liegt, finden sich auch Goldbarren, doch sind sie matt, gleichförmig, ohne jeden Zauber.

*

„Sehr apart, dein kurzes Kleid, Klara. Wie gut du das trägst, ist es vom jungen Couturier?" Freundin Maria stellt sich herausfordernd vor Klara hin.

Im Obergeschoss eines Altstadthauses am Rennweg liegt das Schneideratelier mit den grossen Zuschneidetischen, den Rollen Seidenstoff und den Wollstoffen, die ausgebreitet daliegen und vom Tisch auf den Teppichboden hinunterfliessen. Schon in jungen Jahren nimmt mich Klara an die Modeschauen mit, damit ich mein Auge schule. Sie hat angefangen, für ein Modeblatt zu schreiben.

Noch mit über achtzig bekundet Klara modisches Flair. In ihrer Stube werde ich ihr ein Ensemble aus bedruckter Como-Seide vorführen, ein Modeschau-

Modell, deshalb günstiger: „Ich habe es zur Auswahl mitgenommen, soll ich es kaufen?"

„Warte einen Augenblick, ich schenk es dir." Klara wird in den Gang hinausgehen, neben der Truhe niederknien, unter dem Teppichsaum ein Couvert hervorkramen und verschmitzt lächeln: „Mit der AHV-Rente kann ich tun und lassen, was ich will, das geht doch meinen Ueli nichts an."

*

Die Bohemiens

„Bin in der Dunkelkammer, komm rein!" Mit der Pincette schwenkt Tante Sus oder Susanne, wie sie richtig heisst, Fotopapier im Kopierbad. Das Porträt nimmt immer klarere Umrisse an. „Wolfgang Stendar, der Schauspieler! Und hier Peter Brogle! Für diese beiden schwärmt unsere ganze Mädchenschule!" Als Sus nach Zürich kam, waren Wolfgang Langhoff und Will Quadflieg am Schauspielhaus die Lieblinge der Zürcher Backfische. Sus porträtierte sie alle.

Als kleine Kinder kannten wir die Berliner Tante Sus kaum. Verstanden nicht ganz, wieso sie überhaupt zur Familie gehörte, diese Bohemienne, die sich bei Familienanlässen unablässig eine neue Zigarette in den Mund steckte und für Rauchfahnen sorgte. Dennoch faszinierte uns Suschens Erscheinung, als sie bei einem Fototermin in unserem Kinderzimmer die Kamera aufs Stativ setzte, mit Lampen hantierte und immer wieder ihren Kopf unter das schwarze Tuch steckte. Wir gehorchten ihr aufs Wörtchen, selbst mein Bruder rebellierte nicht, setzte sich mit uns aufs Kanapee und legte sogar die Arme über die Schultern seiner beiden Schwestern.

Ich liebte die Bilder, bloss Vater Ulrich fand, es fehle den Fotografien an Glanz und Tiefenschärfe, Mittelmass.

Tante Sus und Onkel Peter, alias Barba Peider, wohnen hundertdrei Treppenstufen hoch im fünften

Stockwerk des Zürcher Volkshauses beim Helvetiaplatz, Hauseingang Bäckerstrasse. Barba Peider, Musiker, Komponist, Musikkritiker bei der sozialdemokratischen Tageszeitung *Volksrecht* und Kunstmaler, hat offenbar Anrecht auf eine subventionierte Wohnung mit grossem Atelier, durch dessen Glasdach der wolkige Himmel schimmert. Im Atelier spielt sich ihr Leben ab, hier gibt es zwei bequeme, ausgesessene Lederfauteuils, einen kleinen länglichen Druckertisch, auf dem meist Gläser stehen. Bücher, Musiknoten und Notenpapier stapeln sich, die Wände schmücken Peiders Ölbilder sowie Kunstfotos aus Susannes Fundus. Die Nebenräume sind abgeschrägt in dieser Dachwohnung und von keinem Fenster fällt der Blick bis auf die Strasse, er bleibt auf Dachziegeln, Schneefängern und Dachrinnen sowie an den obersten Geschossen vis-à-vis hängen.

Wenn ich vorbeikomme, haben sie immer ein Stündchen Zeit. Der Onkel verfasst philosophische und politische Traktate, schreibt Musikstücke am schwarzen Bösendorfer Flügel. Für die Lia Rumantscha komponiert er romanische Lieder. Befreundete Künstler gehen ein und aus, man diskutiert nächtelang. Gekocht werden hier keine grossen Menüs. Dennoch, die schlichte Kochstelle mit dem kleinen Gasherd auf eisernen Füssen, der Kaltwasserhahn an der Wand, der schräg darüber hängende Durchlauferhitzer mit der sichtbaren blauen Flamme in ständiger Wartestellung und dem langen Wasserhahn, der an einen Schnabel erinnert, wirkt inspirierend. „Es gab Zeiten, wo ich nicht wusste, wie am Ende der Woche die Milchrechnung bezahlen", sagt dagegen Tante Sus und macht ein paar leere Kaubewegungen, wie immer, wenn ein Geständnis schwer ankommt.

Als Cousin meines Vaters ist Peider ebenfalls in Königsberg aufgewachsen, Sohn von Adam, der als Erster aus Ardez auswanderte und das Kaffeehaus Zappa mit Marzipanfabrik erwarb. Peider, 15 Jahre älter als Ulrich, durchlief alle Schulen in Königsberg, studierte in München Musikwissenschaft. Berufliche Laufbahn und Charaktereigenschaften der beiden Cousins hätten unterschiedlicher nicht sein können. Peider war zartbesaitet, zurückhaltend und in einem hohen Masse selbstkritisch. Dennoch floss allmonatlich eine Summe Geld vom Zürichberg zu den Verwandten am Helvetiaplatz.

Barba Peider malte beim Gartenapéro im Jahre 1948 das Gespenst eines Dritten Weltkriegs an die Wand, die Lage sei prekär. Die Russen hatten den Eisernen Vorhang um Berlin gezogen und alle Zufahrtswege abgeschnitten. Die Westalliierten kamen den Berlinern mit der Luftbrücke zu Hilfe.

*

Seit Peider fast jede Woche in unser Haus kommt, um Klara Klavierunterricht zu erteilen, kenne ich ihn besser. Wenn sie zusammen vierhändig spielen, singt er, um den Takt vorzugeben: Tuu, tu-tuu-tuu, mal höher, mal tiefer. Nach dem Musizieren trinken sie zusammen Tee und essen ein Stück Bisquit-Cake. Es sind für Klara die sonnigsten Nachmittage. Und auch mir fallen ein paar Rosinen zu, wenn ich ihm etwas vorlese, was er sich wünscht. Bin zwar noch in der Primarschule, Peider aber ist entzückt.

Gegen diese Klavierstunden hat Ulrich nichts einzuwenden, im Gegenteil. Weniger begeistert ist er, dass sein Cousin mit den Roten am Tag der Arbeit durch die Strassen von Aussersihl zieht und auf der Brust ein Erst-Mai-Abzeichen trägt. Geradezu empört sei Ulrich gewesen, wird mir Tante Sus anvertrauen, als sich Peter vorübergehend mit einer andern Frau einlässt, wo Sus doch das meiste Geld für den gemeinsamen Haushalt aufbringt. Es war eine kurze Episode, Sus hat ihrem Mann längst verziehen. Dennoch fällt sie aus allen Wolken, als ich ihr von einer Dame Grüsse bestelle: Sie sass im gleichen Russisch-Kollegium wie ich, und als sie meinen Geschlechtsnamen hörte, wollte sie von mir wissen, ob ich eine Verwandte sei. „Ja? Dann grüssen Sie Sus, wie geht's ihr denn?", fragte sie sichtlich bewegt. „Das ist diejenige", stösst Sus, ihre Fassung wiederfindend, hervor. „Das ist sie!"

Barba Peider nimmt mich in meine erste Oper mit: *Wozzeck* von Alban Berg, für mich auch eine Boheme. In der Pause bespricht er mit seinen Kritikerkollegen die sich in den fünfziger Jahren abzeichnende Misere des Zürcher Stadttheaters, die wenig später Wirklichkeit wird. Als Musikkritiker stehen ihm ausserdem zwei Freiplätze in der Tonhalle zu. Ich bin es gewohnt, dass ihm in den Abonnementskonzerten junge Kollegen der hinteren Sitzreihe auf die Schulter tippen und seine Meinung hören wollen: „So haben wir Mahler noch nie gehört, oder?"

Als ich nach Abschluss der Mittelschule nach England verreise, Abfahrt ab Bahnhof Enge mit dem Nachtzug, taucht ein kleiner Mann mit Hut und Mantel wie ein Schatten auf dem Perron auf. Barba Peider hat den Konzertsaal eilig verlassen, um meine Abreise nicht zu verpassen. „Bleib nicht zu lange weg!", bat er, als er meine Hand zum Abschied festhielt. Im gleichen Jahr musste er sich einer Prostata-Operation unterziehen. Er habe den Eingriff viel zu lange hinausgeschoben, meinte Sus, es sei ihm eben peinlich gewesen, sich diesem Leiden zu stellen. Er starb für uns alle unerwartet und viel zu früh.

*

Suschens Erinnerungen und Episoden amüsierten und bedrückten mich auch. Die Potsdamerin erzählte, wie sie als junges Mädchen auf der Havel segeln ging: „Und stell dir vor, dass mein damaliger Verehrer mich letzte Woche hier in Zürich besucht hat! Es war unglaublich komisch, sechzig Jahre liegen dazwischen. Er versprach wiederzukommen. Na ja, vielleicht freue ich mich bis dann ein wenig auf ihn."

Im Ersten Weltkrieg hat sie, wie alle Bürgertöchter in Berlin, im Bahnofsdienst gearbeitet und den Soldaten Tee und Suppe ausgeschenkt und sich, nach dem Schock des Krieges, einer Ausbildung am Lettehaus Berlin zugewandt, das Diplom als Fotografin für Kinderaufnahmen und Porträts erworben und sich dann auf eine Stellenausschreibung des Ateliers Engelhart am Bleicherweg in Zürich gemeldet. Voilà.

Dass sich das ansehnliche Vermögen ihres Grossvaters, eines Ziegeleibesitzers, in der Wirtschaftskrise der 1920er-Jahre in Wohlgefallen aufgelöst hat, erwähnt sie wie nebenbei, kaut darauf ein paarmal leer, als ob sie die Worte hinunterschluckte. „Weisst du", fragt sie, dabei auf ein angenehmeres Thema wechselnd, „dass ich Susanne Melolonta heisse? Mein Vater war ein Käfernarr: Melolonta heisst auf Altgriechisch Maikäfer." Sus lächelt. Und sie kichert, wenn sie zum Besten gibt, was sie von Peters Engadiner Tante, die in Chur verstarb, geerbt habe: die Zahnprothese!

Zu ihrem achtzigsten Geburtstag versammelten sich nebst den Verwandten ihre vielen Freunde im Kloster Fahr: Didi Brettauer, auch eine Berlinerin, ihr Vater hatte brasilianische Tabakplantagen besessen, unheimlich wohlhabend, sowie Carmen Oechslin, damals angeblich eine der bekennenden Lesben

Zürichs, die der Sus ihre Weibergeschichten anvertraute.

Für mich schwer zu verstehen, dass die Tante ihre charmante Atelierwohnung gegen eine Alterswohnung in einem Hochhaus von Höngg tauschte. In Höngg fühle sie sich wie auf dem Land, geniesse Sonne, gute Luft und Aussicht. Der Lift trage sie, was für ein Luxus, in die zehnte Etage. Als ich sie besuchte, kochte sie mir erstmals ein Abendessen: Cordonbleu. Es bekam mir nicht, möglicherweise weil ich schwanger war und keine schweren Speisen ertrug. Sus prophezeite, wie ihre Mutter 84-jährig zu sterben. Doch sie erreichte in guter Verfassung das neunzigste Lebensjahr im Altersheim Grünau, umgeben von Tramlinien und Autobahnsträngen, was sie nicht störte. Sus ging nicht mehr aus, war dankbar für die Pflege. Da ihre Augen immer schwächer wurden, half sie sich mit Hörbüchern, Theodor Fontane zum Beispiel. Die *Wanderungen durch die Mark Brandenburg* erweckten ihre Heimatgefühle.

*

Zwei seltene Gäste

Wien. Klara erfüllt sich einen lang gehegten Wunsch, indem sie Ulrich überzeugt, Ostern mit der Familie in Wien zu verbringen. „Für einmal keine Skitour, sondern Kultur", sagt sie und bestellt drei Doppelzimmer im Hotel Sacher und Logenplätze für Samstagabend in der Wiener Staatsoper. *Fidelio* soll gegeben werden, das klingt nicht schlecht. Auch wenn sie keine geübte Operngängerin ist und ihre Familie noch viel weniger, gehöre eine Oper ins Programm, bestimmt Klara, und alle sind einverstanden.

Die Musikstadt Wien. Von den Wiener Sängerknaben hat sie schon gehört, doch anhören mag sie den Chor nicht, so hohe männliche Stimmen erinnern sie an Zwitter, und zu katholisch ist ihr das Ganze sowieso. Dass Bärbel, die befreundete halbjüdische Pianistin, die ihre Mädchen unterrichtet, in Wien ihr letztes Konzert gab, als am 13. März 1938 die Deutsche Wehrmacht einmarschierte und Bärbel am nächsten Morgen gerade noch über die Grenze entwischen konnte, gehört ebenfalls zur Musikstadt Wien. Klara bleibt in äusserst unangenehmer Erinnerung, wie die Wiener den Deutschen zujubelten, als es zum Anschluss an das Grossdeutsche Reich kam.

Klara packt in ihren Reisekoffer ein Abendkleid, für ihren Mann einen dunklen Anzug, das gehöre sich so für die Oper in Wien. Tagsüber will sie im kleinen Tailleur herumgehen, elegant will sie sein, Schmuck packt sie ein und zieht noch welchen an. Beim Coiffeur lässt sie am Tage vor der Abfahrt ihr Haar waschen und einlegen. Am Abend besteigt die Familie in Zürich den Nachtzug und bezieht drei Schlafwagencoupés nebeneinander, wie von Klara, der Reisegewandten, rechtzeitig vorbestellt. Die Vorfreude auf ein grosses, ganz andersartiges Familienerlebnis macht sie ganz übermütig.

Durch Wien bläst die Bise. Manchmal wünscht sich Klara, bei der Auswahl ihrer Garderobe mehr auf die Wetterlaunen der Osterzeit als auf modische Eleganz gesetzt zu haben, doch lässt sie sich nichts anmerken. Die katholische Stadt Wien bietet als angenehme Überraschung, dass der Karfreitag ein Arbeitstag ist und alle Läden, Museen, Restaurants, Kneipen und Kaffeestuben geöffnet sind. Von diesen Zufluchtsorten vor dem kalten Wind macht die Familie regen Gebrauch, und zwischen Sachertorte und Balkanküche mit Zigeunermusik, Schönbrunn und Spanischer Reitschule findet Klara sogar Gelegenheit, ihrem Hang zu den Trödlerläden nachzugeben. In dem einen stolpert sie über eine Fidelio-Partitur. Diese wird sie unter dem verwunderten Blick ihres Gatten in die Oper mitnehmen und so verstohlen wie lautlos darin blättern und der Musik folgen.

*

Seit ihre Klavierstunden mit Peider wegfallen, verschafft sich Klara auf ihre eigene Art Zugang zur Musik, holt aus dem Gestell ein Notenheft und blättert darin, bis sich ein Stück findet, das sie kennen muss, das ihr vom vielen Zuhören im Ohr liegt.

Dem Notenstudium räumt sie eine freie Stunde ein. Wenn das Telefon läutet, nimmt sie nicht ab. „Es ist niemand zu Hause", sagt sie Adele, und diese wird ganz zappelig, wenn es zehnmal läutet. Die Telefonglocke, die hoch oben an der Wand im Entrée angemacht und im ganzen Haus bis in die Kellerräume und in den Garten hinaus hörbar ist, wird leiser eingestellt. Klara mag nicht immer gestört werden, das ist ihr gutes Recht. Auch Adele hat die neuen Gepflogenheiten ihrer Patronne zu berücksichtigen und darf mit keiner Frage kommen, wenn sich Klara im Salon in die Sofaecke gesetzt hat, ein Bündel Noten neben sich, eine Decke über den Knien, eine Tasse Schwarztee vor sich auf dem runden Tisch, die Stehlampe zu ihrer Linken angezündet, wenn es ein trüber Tag ist. Sonst herrscht Schweigen und Konzentration.

Klara merkt nicht, wie die Zeit verstreicht. Sie lässt sich von Schubertschen Modulationen hinreissen. Hört sie sie? Dann steht sie auf und geht zum Flügel, tippt auf eine Taste, weil sie ihrem inneren Ton nicht ganz traut, doch er stimmt. Sie hat sich für heute ein Impromptu vorgenommen, das sie niemals auf einem Tasteninstrument spielen könnte, dafür hat sie zu wenig Geduld, zu wenig geübt. Dafür sei sie zu alt, sie würde es auf keinen grünen Zweig mehr bringen. Ihr Zugang zur Musik ist tonlos, aber aufregend. Ohne dass es in ihrer Absicht liegt, wird sie aufmerksam auf Gesetze der Harmonie, sie hört die Leittöne und deren Auflösung, und sie meint auch schon zu erraten, welches das Thema ist, wo es aufhört und in Variation wieder aufgenommen wird. Ihre Naturmethode hat System, immer tiefer dringt Klara in die Musik ein, die Melodie beginnt zu leben.

*

Klara hat einen seltenen Gast in ihrem Salon zum Nachmittagstee, eine grosse Pianistin, die Ende fünfziger und in den sechziger Jahren einmal pro Saison in der Tonhalle gastiert. Klara C. schickte ihr einen Blumenstrauss und schrieb ihr eine Karte mit folgendem Wortlaut, den sie zuvor ein paarmal verbessert hatte:

Liebe Frau Haskil
Ich habe so viel Sympathie und Hochachtung für Sie als Frau und Musikerin, dass ich Sie nur allzu gerne in mein Heim in Zürich einladen würde. Ich muss all meinen Mut zusammennehmen, um dies zu tun, denn ich weiss, wie sehr Sie durch Ihre Auftritte in Anspruch genommen sind. Aber es wäre eine grosse Freude für mich, sie an einem Nachmittag, wenn Ihnen das recht wäre, bei mir zu empfangen. Ich bin bloss eine einfa-

che, jedoch aufmerksame Zuhörerin Ihrer Musik und nicht vom Fach. Aber in unserer Stube steht ein Flügel, und meine Töchter spielen darauf, so dass unser Haus doch nicht ganz unmusikalisch ist. Wenn Sie mir meine Bitte nicht abschlagen, bereiten Sie mir eine ganz grosse Freude.

Blumenstrauss und Karte liess sie im Baur au Lac abgeben, in dem die Pianistin jeweils absteigt, und tatsächlich meldete diese kurz darauf telefonisch ihren Besuch für den auf das Konzert folgenden Nachmittag an.

Die beiden Claras trinken Tee am Fenstertischchen im grossen Wohnzimmer und reden miteinander auf Französisch. Beide erzählen sich aus ihrem Leben, die Musikerin, dass sie lange krank und bettlägerig war und tagtäglich Fingerübungen auf einem Brett auf der Bettdecke vornahm, ihre letzten Kräfte darauf verwendete, damit sie nicht aus der Übung kam und ihre Läufe leicht und flüssig blieben. Klara C. zeigt eine grosse Bewunderung für das Durchhalten und den Mut der Musikerin, die sehr blass und durchsichtig wirkt. Den Kopf hält sie leicht schräg nach vorne geneigt, und die eine Hand umfasst ein weisses Taschentuch, das während des Gesprächs mehrmals in die andere Hand wandert und wieder zurück. Wie in den Konzerten während ihrer Spielpausen.

Das, was diese zwei Frauen verbindet, ist ihr Vorname und dass sie beide in demselben Jahrhundert leben, ein ähnliches Alter haben, über der Lebensmitte. Was ist es noch? Vielleicht ihre Gegensätzlichkeit. Das Leben der international angebeteten Clara Haskil, der schlichten, schlanken Erscheinung, die ihrem inneren Ruf folgt und das Dasein einer grossen Mozart-Interpretin aushält, vom unermüdlichen Üben bis zum nicht enden wollenden Applaus im grossen Konzertsaal. Ist nicht auch Familienmutter Klara ihrem Ruf gefolgt? Sie werde wiederkommen, versichert die Musikerin, das nächste Mal, wenn sie in Zürich auftrete.

Und Clara Haskil hält Wort. Sie kommt wieder, wenn Klara ein Kärtchen schreibt. Ihre Konzerte werden jeweils Monate im Voraus angekündigt, so dass Klara Gelegenheit hat, sich die Musiknoten des Klavierparts zu beschaffen und sich in die Melodie einzuleben, die ihr auf den Notenblättern entgegenklingt. Ihre ganz stillen Nachmittage sind laute Musik.

*

Leise, fast flüsternd, aber eindringlich wird Klara von Adele gerufen. Es stehe jemand an der Tür, der Madame zu sprechen wünsche. Klara springt auf, greift mit den Fingerspitzen flüchtig in die kurzen Locken über den Schläfen, nimmt eine Strähne aus der Stirn und legt sie neben den Scheitel, macht, bevor sie zur Tür geht, noch einen kleinen Umweg vor den grossen, barocken Spiegel im Gang, schliesst die Knöpfe ihrer Jacke und wendet sich endlich zur Tür, durch deren Mattscheibe eine hohe Gestalt auszumachen ist.

„Guten Tag, Klara: Franz." Klara schaut ihn ungläubig an, macht mehr Licht, damit sie seine Gesichtszüge besser lesen kann.

„Franz ... vom Buchwald?"

„Ich bin auf der Durchreise und wollte schauen, wie es dir so geht, Klara." Sie setzen sich in den Salon. Er blickt vom schwarzen Flügel an die weisse Stuckdecke hoch über ihm, zu den Bildern mit den schweren, geschnitzten Goldrahmen, bis er an einem bescheidenen Porträt, aus dem ein Mädchen schaut, hängen bleibt: „Das ist ein Abbild von dir, Klara. So hab ich dich gekannt, genau so sahst du aus, als ich vor vielen Jahren in dein Haus im Buchwald trat, wenn du auch damals schon etwas älter warst als die Kleine hier auf dem Bilde."

„Es ist meine Jüngste", bekräftigt Klara, „ich kann aber die Ähnlichkeit mit mir nicht sehen." Worauf spielt er an? Klara wird unsicher. Könnte es sein, dass er daran denkt, wie sie ihn morgens um halb sechs weckte, an seine Tür klopfte, sie einen Spalt öffnete und ihm einen guten Morgen wünschte? Dass sie dann zu ihm unter die Decke schlüpfte, für ein paar selige Minuten in seinen Armen lag? Es wird doch wohl dem Franz nicht einfallen, daran zu rühren. Sie schwenkt auf ein anderes Thema ein.

„Wie geht es dir beruflich, Franz?" Franz erzählt, wie er nach langen Wanderjahren ein eigenes Dachdeckergeschäft in einer Kleinstadt Nordrhein-Westfalens eröffnete, das ihm trotz der Wirtschaftskrise eine leidliche Existenz ermöglichte, wie er wenig später, nämlich 1939, ins Militär eingezogen, an die Ostfront verschickt wurde, in russische Kriegsgefangenschaft geriet und erst vier Jahre nach Kriegsende nach Hause entlassen wurde, wo Gott sei Dank die Familie, seine Frau und drei Kinder, wohlbehalten lebten und auf ihn gewartet hätten. Die Bautätigkeit habe in den Nachkriegsjahren wieder angezogen, er habe mittlerweile acht Angestellte und zehre immer noch von des Appenzeller Dachdeckermeisters sauberer Arbeitsweise.

„Und nun hat es mich vorübergehend nach Neuhausen verschlagen, wo ich eine neuartige Stahlkonstruktion begutachten musste und mir überlegen will, ob ich sie in meine Arbeitstechnik aufnehmen kann. Wenn ich schon so nahe dran bin, will ich doch noch einen Tag zugeben, hab ich mir gedacht, und eine kleine Schweizer Reise anschliessen, die mich gestern in den Buchwald und heute nach Zürich geführt hat. Um 17 Uhr fährt mein Zug, und nach Mitternacht sollte ich wieder in Wuppertal sein."

Immer noch gewinnend dieser Franz, ein richtiger Handwerker. Dennoch atmet Klara auf, als er wieder gegangen ist.

*

Bitte nicht stören!

„Absatz tief, Hände tief, Zügel straff, mit Schenkeldruck das Pferd dirigieren!" Als Reitlehrer führt Ulrich im Sommerhalbjahr einmal wöchentlich früh abends einen Trupp Offiziere der Schweizer Armee auf einen Ausritt. Er trainiert das Geländereiten durch den Opfikerwald und über die abgemähten Felder zwischen Wallisellen, Dietlikon, Kloten und Brüttisellen. Es ist Mai, alles blüht, Ulrich geht auch an einem Sonntagmorgen gestiefelt aus dem Haus und kehrt mit seinem Reiterkamerad Walter Haefner zurück. Die sportlichen Männer stossen mit Klara an, einen gespritzen Weissen im Glas. Hat es sich nicht gelohnt, sich Mühe zu geben? Einen Familienfreund und Klienten zu haben, der in der Nachkriegswirtschaft einiges bewegt und sich beim Apéro, der ewig dauern könnte, sonntäglich entspannt gibt? Ulrich ist in Hochform. Doch schon vor dem Mittagessen verabschiedet sich Walter. Als Haefner einen Stall mit Rennpferden und Jockeys in Irland erwirbt, sehen wir ihn kaum mehr. Dafür bekommen wir Kinder dann und wann Unterricht in Englisch-Trab beim Vater und dürfen auch schon an der Longe galoppieren.

Zu meinem zwanzigsten Geburtstag reiten wir über die Allmend Kloten, trainieren das Abrutschen auf dem Pferderücken in einer Kiesgrube, durchqueren im Sattel die Töss und wenden erst am Rheinufer. Abendessen in der *Rose* Bachenbülach, wo sich auch Klara mit der restlichen Familie einfindet. Der Nachhauseritt bis zum Stall in Dietlikon zieht sich in die Länge, es beginnt zu dämmern, ich zögere. „Das Pferd gehen lassen! Es sieht auch im Dunkeln, hat bessere Augen als wir!" Der Befehl erschallt von hinten.

*

Die Kanzlei des Anwalts blüht. Die Substitute Olgiatti, Steinbrüchel, Isler, Wyss, von Wyss, Behles, Breitenmoser und Ganz folgen einander, alle bedacht, das Handwerk ihres Lehrmeisters zu lernen. Manchmal eignen sich die juristischen Fälle und deren Kontrahenten für Anekdoten, in dieser städtischen Praxis darf auch gelacht werden.

Die Klientenkontakte werden intensiver, herzlicher. Über Pfingsten fahren wir an den Comersee zu Paolo und Maria Luzzani. „Tief durchatmen", empfiehlt Klara auf der kurvigen Strecke, wenn uns übel wird. Kann gut reden, sitzt immer vorn. In Luzzanis Park kratzen wir mit dem Fingernagel erstmals an echten Palmen, besteigen am Privatsteg das elegante Motorboot und fahren zum Strandrestaurant von Menaggio: Salami à discretion. Wir übernachten im Gärtnerhaus, zum Frühstück öffnen Luzzanis die Flügeltüre ihrer Villa, es ist nicht ihr einziger Wohnsitz. Vater Ulrich wiederholt auf der Heimreise eins übers andere Mal: „Einen Park mit Privatgärtner, das muss man bezahlen können!" Ingenieur Luzzani habe durch Strassenbau in Peru sein Geld verdient.

Der Besitzer einer Wollweberei schenkt uns Wollstoff für einen Wintermantel. Bei einem Bauunternehmer sind wir während unserer Weihnachtsferien in Lenzerheide zu einem Abendessen mit Christbaum und einer Tischbombe eingeladen. In der Villa eines Klienten in Richterswil, wohin ich meinen Vater begleite, weil Klara abwesend, wird mir erstmals ein Crevetten-Cocktail serviert. In der Nacht muss ich mich übergeben. In Paris lerne ich Austern schlürfen und schwarzen Espresso trinken, eingeweiht in diese kulinarischen Spezialitäten durch Klient Krähenbühl, spezialisiert auf den Bau von Chemiefabriken. Krähenbühl behauptet, der Kaffee sei durch die dunkle Röstung, die viele Giftstoffe eliminiert, unschädlicher, lasse einen nach dem Genuss sogar gut schlafen. Das habe er im Kaffeland Brasilien gelernt. Zurück in Zürich will ich den schwarzen Kaffee auch bei uns einführen, doch ich hatte es geahnt: „Bloss keine Änderungen in kulinarischer Hinsicht", heisst es im Haus am Zürichberg. Ulrich macht das Stoppzeichen mit emporgehaltenen Händen.

Eine deutsche Gräfin aus Hannover ist häufig zu Gast an unserem Familientisch. Einmal bringt sie als Gastgeschenk eine vergoldete Eule mit Augen aus Lapislazuli, die in die Nische unseres Engadinerbuffets nicht recht passen will. Ein Jahr später darf die Eule wieder ausfliegen, zurück in die gräflichen Gemächer. Der Advokat bringt eine gewisse Sympathie für die alleinstehende Klientin auf, deren Gatte, wie er bewundernd erwähnt, von der englischen Königin zum Lord geschlagen wurde, weil er den Britischen Inseln in Kriegszeiten die Zufuhr von Erdöl sicherstellte.

*

„Bitte nicht stören!" Seine Stimme hallt bis in die erste Etage. Er schliesst die Schiebetür. „Bitte nicht stören!", heisst es, wenn der Advokat an einem frühen Samstagabend selten einmal einen Klienten zu Hause empfängt. Direktor Ehrhardt aus unserer Strasse hat sich zu einer Konsultation angemeldet. Fragen zu stellen haben wir uns abgewöhnt. Wir dürfen nichts wissen, was über die freimütigen Äusserungen unseres Vaters hinausgeht, wie etwa, wenn er sagte: „Direktor Ehrhardt hat grosse Sorgen."

Als Mittelschülerin war ich in seiner Kanzlei beschäftigt und las in den Akten eines Scheidungsfalls: Sie verweigert ihm den Bettverkehr.

„Ist denn das ein juristischer Tatbestand?"

„In gewisser Hinsicht, ja."

*

Das Porträt

Ein Porträt von Mutter Letta in Öl fiel seinerzeit bei der Erbteilung Sohn Ulrich zu. Er wollte ihm einen Platz im Entrée einräumen, doch Klara verbannte es in den oberen Gang. Sie geht die Treppe hoch, macht Licht, so dass sie das Porträt studieren kann: eine Frau mit dunklen, nach hinten gekämmten und im Nacken zusammengesteckten Haaren, kleine Ohrringe an den grossen Ohren, den Anflug eines Lächelns auf der Mundpartie und Augen in einem Kastanienbraun, die zu sagen scheinen: Mit mir ist zu rechnen. Das Verträumte, Gedankenvolle oder gar Ängstliche fehlt in diesem Blick.

„Energisch, ja, das war sie", bestätigt Ulrich, „klatschte die Rösti an die Küchenwand, wenn ich zu spät zum Essen erschien." Später einmal, an einem Sonntagnachmittag in unserem Haus am Zürichberg, warf Letta die in einer sterilen Gaze bereitliegende Insulinspritze kurzerhand durchs Fenster hinaus und rief: „Dummes Zeug, das schadet dem Bub!" Worauf Klara wortlos und kopfschüttelnd in den Garten hinausging, die Spritze im Gras fand, sie erneut auskochte und den Bub trotzdem stechen musste. Letta fischte Blutegel aus dem Katzensee und setzte sie sich an die Waden, sie schwörte auf diese natürliche Art der Blutauffrischung. Für Klara war sie ein Original, allerdings liess sie sich von ihr nicht dreinreden.

Ihre alten Tage verbrachte sie im Diakonissenheim Salem an der Vogelsangstrasse. Dahin machte sich Sohn Ulrich als junger Vater sonntags mit mindestens zwei seiner Kinder, eines im Kinderwagen, auf den Weg.

„Allegra, chara Mamma!"

„Allegra, char Ulrich!", worauf ich die beiden ein halbes Stündchen auf Romanisch reden hörte. Eine Diakonissin in dunkelblauer Haube mit Schleier flog wie eine Elfe ins Zimmer, brachte die Suppe. Vor dem Abschiednehmen stiessen Letta und Ulrich mit einem roten Cinzano an. Er entnahm die Flasche dem Engadinerbuffet, das Letta ins Heim begleitet hatte. Auf dem Sterbebett war die Ardezerin wieder ganz in ihrer Jugend, fragte, ob man *las chavras*, die Ziegen, mit Trinkwasser und Futter versorgt und man die Jungen gezählt habe. Zwei alte Ardezer attestierten mir viele Jahre später, als ich meinen Heimatort besuchte:

„Sie führte Pferd und Wagen wie ein Mann über die steilen Strassen, brachte Wildheu ein und hielt ihren kleinen Bauernbetrieb tadellos in Stand."

„Möchtest du nicht auch bei einem Maler Modell sitzen?", frage ich Mutter Klara herausfordernd, als wir vor dem Letta-Porträt stehen. Sie wehrt ab: „Das ist veraltet. Heute gibt es Fotografien, von mir liegen Dutzende herum, dort in der kleinen Tischschublade. Ich bin nicht so wichtig, ich will kein Wandbild von mir." Anderseits hat sie zu diesem Zeitpunkt bereits zwei ihrer Töchter verewigen lassen: Eine Kinderbüste aus Ton von Bildhauer J. Martin steht auf ihrem Schreibpult und aus einem Ölbild von Fritz Hug schaut Klaras Jüngste, ein Schulmädchen, von der Stubenwand.

Nicht Klara, aber ihre Mutter, die Appenzellerin, wird später als grosses, gerahmtes Fotoporträt in Schwarz-Weiss, handkoloriert, mit einem rosa Schimmer, in Klaras Schlafzimmer hängen: eine junge Frau, die gelockten Haare hochgesteckt, die Ohrringe verspielt, ein Dekolleté mit Spitzen in luftigem Jahrhundertwende-Look. Eine Erscheinung wie von Auguste Renoir, mit weichen Linien und versöhnlichem Blick. Zu ihrer Zeit trugen die Frauen bodenlange schwingende Kleider. Das ist zwar nicht zu sehen auf diesem Brustbild, aber Klara erklärt, wie damals ihre Mutter in der Nähstube einen Besatz aus feinen Rosshaaren an die Rocksäume heftete, man nannte sie Beselchen. Die Schneiderin hatte nichts dagegen, als die Säume in den vierziger Jahren das Bein hinaufrutschten und das Anheften der Beselchen überflüssig machten.

„Ich hätte es auch zu etwas gebracht", sagt Klara leise, aber bestimmt, immer noch vor dem Letta-Porträt stehend.

„Woran denkst du?"

„Ich hätte ein Hotel übernommen und gut geführt, denn ich wusste genau, worauf es ankommt. Bestimmt wären mit der Zeit weitere Hotels dazugekommen und ich wäre finanziell eingestiegen. Das kannst du nun glauben oder nicht. "

Eine Familienmutter im Wirtschaftskampf? Als Visionärin einer Hotelkette? Konnte ich mir nicht vorstellen.

*

Ein Brief aus England

Klara muss operiert werden. Eine kleine Routineoperation, ein Frauenleiden, eine Senkung der Gebärmutter. Die Frauenklinik will sie nach wenigen Tagen wieder entlassen. Doch Klaras Kreislauf bricht zusammen, lässt sie ermatten, ihr Zustand gibt Anlass zu Besorgnis. Freund Alois, inzwischen Chef der Inneren Medizin, muss erneut beigezogen werden.

Calciummangel, diagnostiziert der Internist und spritzt ihr eine Ampulle in die Venen. Allmählich löst sich der Krampf. In Füssen und Beinen regen sich Ameisen. „Wasser", haucht sie, das ihr nun löffelchenweise eingegeben wird. Aber die Erschöpfung hält an, nur die Todesangst ist vorüber. Doch am nächsten Morgen fällt ihr Calciumspiegel wieder ab. Es ist ihr, als ob ihre Arme an den Körper gebunden seien, sie kann sie nicht mehr heben. Die Hände verkrampfen sich zu Fäusten, die Oberlippe zuckt und wird stellenweise gefühllos. Tetanie nenne sich diese Störung, die Ursachen seien vielschichtig: Unterfunktion der Epithelkörperchen, was einen Mangel an Parathormon bewirkt, das den Calciumspiegel des Blutes regelt. Eine Tetanie könne auch seelisch, zum Beispiel durch Angstzustände, bedingt sein, erklärt der Arzt. „Wir stehen vor einem Rätsel", sagt Ulrich sorgenvoll, wenn Klara unbeweglich, im Zustand einer Scheintoten daliegt. Langsam gewöhnen wir uns aber daran, dass jede Tetanie vorübergeht und wohl schlimmer aussieht, als sie ist.

Hat sie geträumt? Klara, die abhebt? Sie schlägt die Bettdecke zurück, wartet einen Augenblick, bis das leichte Schwindelgefühl vorüber ist, und setzt dann einen Schritt vor den andern, sich noch sachte an den Möbeln haltend. Sie wird nun jeden Tag ihre Zimmerrunden drehen und sich bei jedem Schritt Mut zureden.

Die Calcium-Spritzen, die ihr der Hausarzt nach der Spitalentlassung auf seinem täglichen Hausbesuch verabreicht, zeigen langsam Wirkung. Klara erholt sich, kommt zu Kräften, die Tetanien werden immer seltener, nach einem weiteren Jahr bleiben sie ganz aus. „Eure Mutter hat die Krankheit überwunden", sagt Vater Ulrich gerührt, „dem lieben Herrgott sei Lob und Dank, sie ist einfach ein Steh-auf-Fraueli."

Klara sagt ihren erwachsenen Töchtern vertraulich: „Mein Ueli gibt sich wohl sehr überlegen, aber im Grunde genommen braucht er mich."

*

Leeds 1959
Liebe Mama
Vor meiner Abreise nach England haben wir miteinander ein Gespräch geführt. Es endete für uns beide unbefriedigend. Nun will ich es schriftlich versuchen, was

nebenbei den Vorteil hat, dass wir nicht laut werden. Bradburys, bei denen ich ein Zimmer bewohne, gewähren mir viel freie Zeit und die Literaturkurse haben noch nicht begonnen. Diese Tatsache führt mich gedanklich oft nach Zürich zurück und lässt mich in Situationen wühlen. Ich habe sie geordnet, so wirst Du sie verstehen.

Du fühlst dich ins Abseits gedrängt, wenn meine Schwestern und ich unsere Ideen und Spleens durchsetzen. Fühlst Dich übergangen, wenn Deine Töchter ausgehen und nicht sagen, wohin, und erst um Mitternacht oder später nach Hause kommen. Du findest keinen Schlaf, bis wir alle wohlbehütet unter Deinem Dach sind, trittst uns im Nachthemd entgegen, wenn wir mit zerzauster Frisur die Treppe hochsteigen, und fragst jedesmal dasselbe: „Wo kommst denn Du so spät noch her?"

Nächstentags klagst Du, dass dein Haushalt ständig noch anstrengender werde statt einfacher, und Du doch nicht mehr die Jüngste seist. „Was tut man mir an", fragst Du voller Bitterkeit, „dass noch niemand heiratswillig ist und einen eigenen Hausstand gründet?" Der Prinz, Du weisst, so nenn ich meinen Vater bei Gelegenheit, überhört Deine Klagen. „Zwischen fünfzig und sechzig", sagt er eins übers andere Mal, erfreut wie verwundert, „legt man mir die Erfolge nur so in den Schoss."

Deine Unruhe indessen wächst. Wir ziehen mit Künstlern und Existentialisten herum, mit Ausländern und trinkfesten Studenten, mit Zeitungsschreibern und jungen Dichtern, die für unseren Vater zum intellektuellen Proletariat gehören, was wir Töchter anders sehen oder nicht sehen wollen, denn unsere Freunde hungern nicht und gehen auch nicht in Lumpen, bloss hausen sie in einer schäbigen Altwohnung, schwach geheizt, so dass man sehr nahe aneinanderrücken muss, sich aneinanderdrücken muss, um sich warm zu geben. Was für uns junge Frauen zählt, sind die neuen Ideen, die wir von ihnen kennenlernen, die Lyrik von Paul Celan, die Romane von Franz Kafka, den mein Englischlehrer damals so verteufelt hat.

Du schüttelst den Kopf? Am ungeheuerlichsten, am wenigsten vertraut mit Deiner Welt kommen Dir die Kunstgewerbeschüler vor, die angehenden Künstler, die dann und wann in ihrer ungewöhnlichen, für Dich provozierenden Aufmachung unser Haus betreten. Das hast Du Dir alles nicht gewünscht, aber niemand fragt Dich nach Deinen Wünschen. Wie käme es heraus, wenn man nach den Wünschen der Mutter …
„*Ehret die Eltern*", *forderst Du, wenn Dein Protest nicht wahrgenommen wird. Aber Dein Ruf verhallt, ohne dass wir etwas ändern könnten.*

Einmal hast Du mir etwas zugeraunt, nach einer Diskussion am Familientisch, die für Dich eine Spur zu ruppig ausgefallen ist. Es ging um den Gelderwerb. Vater rechnete uns vor, was einem Durchschnittsverdiener nach

Abzug von Steuern und Fixkosten übrig bleibe, nämlich herzlich wenig. „Klopft Feuer aus dem Stein, das ist eine ganz besondere Kunst!", rief er aus. Er versteuere soundso viel, liess er durchblicken, eine eindrückliche Zahl, die wir nicht richtig einzuordnen verstanden.

„Ihr habt ja keine Ahnung, was einmal auf euch zukommt", rauntest Du mir zu. „Es gehört sich, dass man eine soziale Ader entwickelt und Geld für wohltätige Zwecke spendet. Man kann nicht so egoistisch drauflosleben. Wie viel wir weggeben, geht euch vorläufig nichts an."

Schade, hast Du das nicht laut und deutlich gesagt. Etwas Gegensteuer von Deiner Seite wäre wichtig. Wenn Du Wert darauf legst, dass Deine Nachkommen eine soziale Ader entwickeln, wie Du mir zu verstehen gabst, dann öffne Deine Bücher. Es tut uns Frauen der Familie gut, wenn Dein Wort Gewicht hat und nicht nur unser Vater mit seiner Überzeugungskraft alle überfährt.

Klara brütet über dem Inhalt des Briefes, beklagt ihr Muttersein. Richtet sich selber wieder auf: „Alles hab ich nicht schlecht gemacht, das weiss ich!"

*

Die Entfernung von den Kindern gab Klara das Gefühl, freier zu atmen. Natürlich war sie in Gedanken immer wieder beim einen und andern, aber es plagten sie keine Ängste, dass etwas schief laufen könnte. Dann und wann schrieb sie einen Brief und tastete sich ganz sachte in fremdes Gelände vor, um sich dann wieder auf sich selbst zu besinnen. Am liebsten wäre auch sie flügge geworden und hätte da und dort noch etwas Erweiterung ihres Lebensraums erfahren und Bildung nachgeholt.

Aber wohin, mit welchem Ziel und welchem Recht? Es kam höchstens zu kurzen Unterbrechungen ihres Zürcher Alltags. Zum Beispiel lud sie ihren alten Vater auf eine kleine Schweizer Reise ein, zeigte ihm das Wallis, das er bis in seine alten Tage noch nie gesehen hatte. Dabei erlebte sie Vergnügliches, insbesondere wenn er den Wallisern ganz offen begegnete: „Kein Wunder, habt ihr eine Mäuseplage bei so einer Sauordnung um Haus und Hof!", sagte er dem Bergbauern, der dem Appenzeller weismachen wollte, ihre Stadel stünden deshalb auf Pfählen und steinernen kreisrunden Platten, um den Mäusen den Zutritt zu erschweren.

*

Bälle

Wir sind alle dankbar, dass er wieder unter uns ist, der Bruder, der im Spital eine Lungenentzündung auskurieren musste. Auch wenn er Zwistigkeiten ins Haus trägt, indem er ungefragt kommentiert, humorvoll bis spöttisch, was die Frauen in Klaras Haus interessiert: die Mode, das Schminken, den wachsenden Busen, die Lockenwickler für die schönen Frisuren, die Nylonstrümpfe an den leider schon behaarten Beinen, die Bauchschmerzen während der Monatsblutung, die Bleistiftabsätze der Abendschuhe, auf denen man die Waden straffen muss, um nicht bei jedem zweiten Schritt seitwärts zu kippen.

Wenn sich ihre Mädchen für einen grossen Abendanlass wie den Polyball oder Uniball herausputzen, setzt sich Klara am liebsten in den Korbstuhl des grossen Badezimmers. Sie sprudelt vor Fröhlichkeit, als ob sie selbst zum grossen Ball ginge, gibt gute Tipps in Sachen Garderobe.

Dann und wann huscht unser Bruder herein und dreht uns gleich wieder den Rücken zu. Ein Auge voll hat er aber trotzdem mitgekriegt, und wenn er seinen Freund Heiner trifft, der keine Schwestern hat, wird er ein bisschen aus der Schule plaudern.

Einmal pro Jahr steht für die Eltern der ACS-Ball an oder auch der Ball des Schweizerischen Akademischen Skiclubs (SAS), dann sind wir es, die staunen über die grosse Garderobe, das lange Ballkleid von

Klara aus grün schimmerndem Seidentaft, die weisse Stola, die Ohrringe, die übers Jahr in der Schatulle liegen. Ihr Mann im Smoking mit der Fliege und den glänzenden Schuhen fürs Parkett ist von ganz ungewöhnlicher Eleganz, noch schlanker und dennoch nicht weniger sportlich, wenn er uns vormacht, wie er die Dame im Walzer hochhebt.

*

Eine Nacht auswärts

Neben der Standuhr ist für Klara ein Platz an einem Zweiertischchen reserviert, von dem sie die ganze Wirtsstube im Auge hat, wie gewünscht. Es sind noch nicht viele Tische besetzt, doch von der Nebenstube, wo sich offenbar eine geschlossene Gesellschaft eingefunden hat, tönt dumpfes Stimmengewirr herüber. Der Abend verspricht noch etwas zu werden, geht es Klara durch den Kopf, wenn sie an gesellige Anlässe zurückdenkt, die recht verhalten begannen und an Lautstärke zulegten, je später es wurde.

Sie ist heute abend die einzige Auswärtige, die von den Anwesenden dann und wann verstohlen gemustert wird. Klara beginnt unter den Blicken schwach zu werden, ihre aufrechte Haltung zu vergessen, ein klein wenig vornüberzufallen und auf den leeren Teller zu starren. Hält man sie vielleicht für eine Altledige? Klara hat in ihrer Jugend oft genug erlebt, wie man sich über alte Jungfern mokierte.

Sie redet sich selber Mut zu, denn etwas Mut ist gefragt, um einen Wirtshausabend alleine zuzubringen. Das Essen kommt, und mit jedem Bissen baut sie sich selber mehr auf, redet sich ein, diese unfreiwillige Einkehr nicht zu bedauern, sondern als eine gute Fügung des Schicksals anzunehmen, und als sie mit dem Löffel die Vermicelle-Patisserie, ihr Lieblingsstücklein, anstiht, hat sie sich über ihr Befinden überhaupt nicht mehr zu beklagen, bleibt nach dem Dessert noch gemütlich sitzen. Sie scheint in eine gepflegte Gaststätte geraten zu sein.

Schnee und Eis seien unter dem Streusalz geschmolzen, das vom Strassendienst ausgestreut wurde, meldet die freundliche Wirtin, wie es ihr vom Sechsertisch mitgeteilt und vom Dreiertisch bestätigt worden sei, hingegen habe sich der Nebel verdichtet. Wegen Eisglätte auf der Strecke Wil - Sankt Gallen hat Klara die Fahrt unterbrechen müssen. Ihre Gesellschaft, so bezeichnet sie ihre Familie salopp, übernachtet ja auf dem Klausenpass, um am nächsten Tag zum Claridenstock aufzusteigen.

Sie selbst wird morgen ihre Reise Richtung Appenzell Ausserrhoden fortsetzen. So ein Steuerrad in Händen zu halten verändert die Sicht auf die Welt: Da komme ich, Platz gemacht. Nicht ein kleines Frauenpersönchen, sondern ein Auto mit vier Rädern und einem brummenden Motor. Die Karosserie ein Panzer, der sie vor jeder körperlichen Berührung schützt. Allerdings muss sich die Autofahrerin gewisse Anpöbeleien von Männern gefallen lassen, die finden, eine Frau tauge nichts am Steuer. Egal: Klara ist beflügelt, sie singt sogar leise vor sich hin.

Klara weiss, dass der Abend in der kleinen Stube des Buchwalds lang werden wird, die alten Leute reden wenig. Sie nimmt es nicht mehr auf die leichte Schulter, wenn ihre Mutter dreimal die gleiche Geschichte unter der Rubrik Unglücksfälle und Verbrechen mit rührender Anteilnahme aus der Tageszeitung vorliest. Vor zwei Jahren hat Klara darüber noch verstohlen schmunzeln können. Jetzt aber ahnt sie, was es mit der fortschreitenden Vergesslichkeit auf sich hat.

Bevor Klara das Lokal verlässt, um ihr Zimmer aufzusuchen, mustert sie nun ihrerseits die Anwesenden. Gibt es unter den Gästen Männergruppen, die vor lauter Weinseligkeit des Nachts plötzlich ausschwärmen und sie belästigen könnten? Nein, nichts Suspektes in der Linde.

Wie lange mag es her sein, dass sie allein eine Nacht auswärts verbrachte? Viel zu lange, meint sie in ihrem Übermut. Als junge Hotelangestellte wohnte sie im Hotel. Sie fühlte sich wohl in ihren vier Wänden, die sie mit Fotografien ihrer Schwestern, Eltern und Freundinnen schmückte. Auch die Filmstars Mae West und Greta Garbo schauten von der Wand. In ihr Zimmer hatte niemand Zutritt, das gehörte nur ihr, zum Schlafen, zum Lesen, um Briefe zu schreiben und sich für den Ausgang herzurichten und immer wieder vor den langen Spiegel zu treten, der an der Innenwand der Schranktüre festgemacht war. Diese stand meist offen. Klara trug Stöckelschuhe, und von den kleinen runden Toques, wie man die schräg aufgesetzten Hütchen nennt, besass sie gleich drei Stück: eines in dunkelblauem Samt, eines in Weiss mit einem Fetzen Tüll als Verzierung und eines aus schlichtem schwarzen Tuch.

Klara wird warm bei diesen Erinnerungen. Dann wieder fährt sie erschreckt zusammen: Sollen wirklich schon weit über zwanzig Jahre verflossen sein?

Als sie am nächsten Morgen erwacht, ballt sich Nebel in den Strassen, an ein Weiterfahren ist vor Mittag nicht zu denken. Sie geht Richtung Kirche, deren Glockengeläut gerade im selben Moment wuchtig einsetzt. Klara nimmt ein Gesangbuch zur Hand und stimmt in den Eröffnungsgesang ein. Sie faltet die Hände zum Gebet und denkt an ihre Lieben auf der Bergtour und an ihre Eltern im Buchwald: Möge Gott ihnen einen schönen Sonntag bescheren. Statt an den biblischen Johannes und seine Zeit denkt sie an sich und ihre Zeit. Sie überlegt sich, wie viel Gottgewolltes in ihrem bereits abgelaufenen Leben wohl geschehen sei, und stellt sich selber kein schlechtes Zeugnis aus. Sie habe ebenso sehr für die andern gelebt wie für sich selbst, und das sei gut so.

*

Die Spürnasen

Zurück in Zürich, geht sie auf einem ihrer Stadtbesuche am Neumarkt vorbei, um zu hören, ob das Engadiner Stubenbuffet eingetroffen sei. Leider nein, der Händler habe es bereits anderweitig verkauft. Emmi schlägt vor, es bei anderen Auftreibern zu versuchen, sie könnten gemeinsam ein Fährtchen machen zu einem Mann in Freienbach, Kanton Schwyz, der von den Fahrenden aus Graubünden bedient werde. Emmi braucht keine grossen Überredungskünste, Klara kennt und liebt diese professionellen Entdeckungsreisen, hört sich gerne die Geschichten der Auftreiber an, die sich um ein antikes Möbelstück ranken, und lässt sich über Merkmale wie Beschläge und Intarsienmotive aufklären.

Diesmal sind sie nicht fündig geworden. Sie klopfen noch bei Keller im Seefeld an, einem der ausgewiesensten Händler. Er hat sich in einer alten Villa am See eingemietet, in der sein ganzer Fundus Platz hat, und bedauert: „Nichts Engadinisches, man sieht solches kaum mehr auf dem Markt. Aber ein Buffet aus der Innerschweiz, massiv Kirschbaum, wäre zu haben, ein selten schönes Stück, da steht es." Sie greifen zu.

Emmi und Klara mögen sich. Wenn Klara in der Stadt alles erledigt und noch freie Zeit hat, zieht es sie in Emmis Antiquitäten-Laden, setzt sich da für ein Stündchen in einen bequemen Fauteuil und schaut und hört. Wie der Schreiner und Möbelrestaurator Ernst aus Samstagern einen Barock-Schrank abliefert und Emmi bestätigt: „Die Politur ist perfekt." Wie der Polsterer Heiri von nebenan eine Liegebank zur Neubepolsterung abholt und Emmi ihm nahelegt: „Bitte nur beste Ware." Der Kunstmaler von den Oberen Zäunen gönnt sich hier ein Plauderstündchen, der Mundartdichter vom Rindermarkt lässt sich von Emmi einen Kaffee servieren und liest auf Wunsch ein Gedicht vor. Alle sind per Du. Als sie wieder allein sind, wendet sich Emma an Klara: „An der Limmat unten soll aus einer Altstadt-Liegenschaft ein Hotel entstehen, es wird bereits umgebaut. Funktional und schnörkellos soll das Haus möbliert werden und dennoch das Flair der Altstadt atmen. Ich kann den Auftrag nicht übernehmen, du, Klara wärst die Richtige."

Klara erbittet sich eine Bedenkzeit, trägt das Anliegen lang mit sich herum, bevor sie ihren Ueli einweiht. Seine Miene wird ernst: „Willst du das wirklich auf dich nehmen, Klara?"

„Ja, keine Frage. Das Projekt kommt mir gar nicht ungelegen, und ich weiss, dass ich das bewältige, es wird mir Auftrieb geben. Werde allerdings nicht mehr jedes Mittagessen zu Hause sein, doch Adele soll dich bewirten." Was ihm gar nicht behagt, doch was bleibt ihm anderes übrig?

*

Klara kann kaum mehr warten, bis sie das im Entstehen begriffene Hotel von innen gesehen hat, und schon beginnt sie sich auszumalen, was für die je vier Doppelzimmer auf den vier Etagen, für die Halle mit Bar, für den Frühstücksraum und den kleinen romantischen Innenhof passend wäre. Sie erstellt einen Arbeitsplan, bereist March und Gasterland, wo sie mehr als einen Altmöbel-Händler kennt, telefoniert mit Möbelfabrikanten, die Neues herstellen. In wenigen Monaten steht ihr Konzept, und es wird genehmigt. An der Eröffnung ist Klara anwesend, Klara ohne Anhang, und lässt sich feiern.

Es werden weitere Aufträge folgen: eine Bergpension in der Innerschweiz, das Haus einer Ferienkolonie im Glarnerland sowie Aufenthaltsraum und Speisesaal eines Altersheims in Aussersihl. Dann wird sie sich auf Hotels spezialisieren, weil sie von Auftraggebern dieser Sparte am meisten gesucht wird und hiervon am meisten versteht. Nicht immer sind es komplette Einrichtungen, mehr und mehr vertraut man ihr auch Detail-Arrangements an, wie etwa ein Raucherzimmer oder eine Bibliothek.

*

Klara kommt im Frühling 1962 nach Paris, kauft einer Tochter in einem Laden des Palais Royal eine kleine blumenbemalte Vase aus Steingut, der andern ein Porzellandöschen in Königsblau mit einem in

Goldfarbe gemalten Stachelschwein auf dem Dosendeckel, zwei Andenken, die uns ein halbes Leben lang begleiten werden. Wir durchstreifen mit Klara unser Quartier Latin, sehen im Théâtre de l'Odéon „Les Rhinocéros" von Eugène Ionesco, unser erstes absurdes Theaterstück, führen sie durch den Quartiermarkt, wo alles, was feilgeboten wird – die prallen Würste, die Fische mit den starren Bollaugen, die langen, zarthäutigen Gurken und die runden Kohlköpfe – Sinnlichkeit ausströmt. Spürt das Klara auch?

Klara ist wieder abgereist und wir Töchter ahnen nicht, dass sie in Paris auch geschäftlich unterwegs war. Dass sie im Auftrag eines Hoteliers in Aarau Sèvre Porzellan auftreiben sollte. Sie ging den Trödlerläden an der Rue des Saints Pères im Quartier Latin nach, streifte durch den Marais, kaufte Tafel- und Dessertteller mit unterschiedlichen Motiven, je mehr, desto besser, Hauptsache Sèvre, und liess die Fracht nach Aarau spedieren. Sie fand alte Kronleuchter und reservierte sie für einen Kursaal.

Wir gehen in Paris weiter unseren Studien nach, sitzen in Hörsälen, in denen sehr akademische Vorträge gehalten werden. Die eine studiert Kunstgeschichte und durchstreift die Gemäldegalerien, wo die Bilder von Bernard Buffet mit dem Motiv der kahlen, trostlosen Bäume Konjunktur haben. Die andere profitiert vom russophilen Wind in Paris und bringt sich im Seminar für russische Sprache ein Stück weiter. Sie findet vorübergehend Arbeit als sprachkundige Begleiterin eines argentinischen Papiersackfabrikanten in die photolithographischen Betriebe der Vororte von Paris. Sie nimmt an technischen Gesprächen über moderne Druckverfahren teil, von denen sie keine Ahnung hat, und stiftet mit ihrer Übersetzung von Spanisch auf Französisch und umgekehrt eher Verwirrung. Vielleicht weil sie eine Falle wittert und dem Südamerikaner trotz seiner geschäftlichen Beflissenheit anzumerken glaubt, dass in ihrem Tageshonorar noch etwas anderes inbegriffen ist als Dolmetschen. Am Ende eines langen, ermüdenden Tages bietet ihr der Argentinier ein Hotelzimmer auf der gleichen Etage an, doch sie lehnt ab und will per Autobus an ihre Pariser Adresse zurück. Er offeriert ihr ein Taxi und fährt gleich mit und steigt mit ihr aus, bezahlt das Taxi. Er kann sie doch nicht einfach so aus den Augen lassen, in Paris stellt man sich kurzerhand an eine Hausmauer, wenn es dunkel ist, und schlingt seinen weiten Männermantel um beide. Es war ungefährlich.

Paare flanieren vor den Deux Magots. Alle lieben sich, denken die beiden Zürcherinnen, etwas stimmt nicht mit uns. Sie schlürfen ihren ersten Wein, einen harmlosen, leicht süsslichen Rosé d'Anjou, und machen Bekanntschaft mit der vietnamesischen Küche: Six Francs kostet ein Teller Reis mit Gemüse und Rindfleisch, der von einer exotischen Dame mit violett lackierten Fingernägeln in einem kleinen Lokal an der Rue Monsieur le Prince serviert wird. Der Abschied naht, wenn die Tage heisser werden und man in den engen Gassen den Schatten sucht. *Adieu Paris, l'année scolaire est terminée,* was haben wir alles verpasst, was mitbekommen fürs Leben?

*

Totenglocken

Die kleine Tourengruppe wandert in der Abendsonne von der Alp Flix zum Bergseelein hinunter. Zwei Zelte werden am Ufer aufgeschlagen, davon hat Vater Ulrich schon lange geträumt. Wir picknicken im Freien, hoch über dem Oberhalbstein und der Ortschaft Sur. Das letzte Abendlicht lässt die Berge verblassen.

„Dort", Vater Ulrich streckt seinen Arm in Richtung Piz Calderas, „dort, mitten im Steinschlag-Couloir wollte seinerzeit mein Freund Sforza biwakieren. Ich sagte zu ihm: Hier trennen sich unsere Wege, dies hier bedeutet den sicheren Tod! Sforza kannte keine Gefahr, es grenzt an ein Wunder, dass ihm in den Bergen nie etwas zugestossen ist! Später, viele Jahre darauf, ist er auf seiner Farm in Peru von einem Stier aufgegabelt und getötet worden. Sforza war ein verrückter Knabe, er spielte mit dem Leben."

„Und Georg Weber, dein bester Bergfreund?"

„War ein äusserst vorsichtiger Alpinist. Was ihm zustiess, kann man als Pech bezeichnen." Die Unglücksnachricht erreichte uns damals, es ist lange her, beim Frühstück. Mein Vater wurde bleich, stützte den Kopf in die Hände und schluchzte lautlos. Noch nie hatte ich ihn so erlebt. „Was hast du, Papa?" „Weber ist nicht zurück", gab er knapp zur Antwort, ging ans Telefon, meldete sich im Büro ab und fuhr nach Pontresina, um sich der Rettungskolonne anzuschliessen.

Es war die erste mit einem Gletscherflugzeug durchgeführte Rettungsexpedition, der ich Jahrzehnte später im Alpinmuseum Pontresina auf einer grossformatigen Fotografie wieder begegnete. Einer der schlanken Männer mit Schneebrille und Rucksack musste mein Vater sein. Weber war im Jahre 1950 am Crast' Agüzza-Sattel im Berninagebiet in eine Gletscherspalte geraten. Der Gletscher war als spaltenreich und äusserst riskant bekannt. Weber, seine Gattin und ein Begleiter, die eine Dreierkolonne bildeten, waren auf dieser Bergtour umgekommen und als Leichen, angefroren ans Gletschereis, geborgen worden. Auf Grund der Skispuren auf dem Gletscher liess sich der Unglücksfall rekonstruieren: Georg brach offenbar als Erster ein, in einer benachbarten Spalte verschwand der Begleiter. Die Gattin von Georg hatte vermutlich von oben Sprechkontakt mit ihrem unter ihr eingeklemmten Mann, worauf sie in einer verzweifelten Zickzack-Spur den Rückweg antrat, wohl in der Absicht, Hilfe zu holen. Ihre Spur endete jedoch vorzeitig in einer dritten Gletscherspalte. Man fand die zu Eis erstarrte Frau auf ihrem Rucksack sitzend, die Hände gefaltet. So hatte sie ihren nahenden Tod erwartet.

Bereits an der Hochzeit des Paares nur wenige Jahre vor dem Bergunglück sei es ihr vorgekommen, als hätten statt der Hochzeitsglocken die Totenglocken geläutet, gestand Klara.

*

Als Abschluss zur Kirche

Klara hätte dieser Tage meine Nähe gebraucht. Per Luftpost erfuhr ich, dass ihre liebe Mutter die Augen für immer geschlossen habe. Im Banne eines faszinierenden Aufenthalts in Jerusalem, frisch vermählt, verdränge ich familiäre Nähe und schütze mich mit der Annahme, ihre beiden Schwestern Emma und Bertha würden bestimmt auch zur Stelle sein, und zu dritt würden sie in den Buchwald reisen. Ich kann von hier aus nicht ermessen, wie nötig und nahe ich Klara hätte sein können.

„Kommst du?", fragt sie schüchtern am Telefon und rechnet mit meiner Absage.

Meine Appenzeller Grossmutter ... und ich denke an die Puppenstube mit gemusterten Tapeten, einem weich gepolsterten roten Sammetsofa, dort ein filigran verspieltes Eisenbettchen samt Nachttisch, da ein bemalter Stubenschrank mit Doppeltüre. Kammer und Wohnraum der Puppenstube sind durch eine Tapetentüre getrennt, die sich mit sanftem Fingerschub auf- und zustossen lässt. Grossmutter besass auch einen alten Kinderkochherd aus Eisenblech mit verschiedenen Pfannen. Sie holte ihn vom Estrich in den gepflasterten Hof hinunter und war gerne dabei, wenn wir unter ihrer Anleitung über der Petroleumflamme richtiges Apfelmus kochten und eine Rösti brieten. Treppauf, treppab, das gehört zu einem Leben im Appenzellerhaus. Den feinen Mostessig entnahm sie einer Korbflasche, in der die Essigmuttern wie Wolken schwammen, die Holzbürden zum Anfeuern ihres Kochherds lagen auf dem Podest neben dem Treppenabsatz.

Wenn sie, selten genug, zu uns nach Zürich reiste, hielten wir auf dem Hauptbahnhof Ausschau nach dem schwarzen Hütlein und nach dem dunklen, langen Mantel. Eine Handtasche am Arm, die immer Kölnischwasser und ein sauberes Spitzennastüchlein enthielt, den Regenschirm in der einen, das Handköfferchen in der anderen Hand, so tauchte die Appenzellerin in der wogenden Menschenmenge des Perrons auf. „Gott behüt mich", pflegte sie zu sagen, wenn sie die vielen Leute auf dem Bahnhof und in den Strassen von Zürich sah, „das ist nichts für mich."

In Klaras Haus liess sie sich von uns Enkelinnen verwöhnen. Wir bereiteten ihr ein Vollbad und halfen ihr in die Badewanne und wieder hinaus. Wir föhnten ihr Haar und flochten es zu einem dünnen Zopf, den wir mit den langen schwarzen Haarnadeln zu einem Chignon hochsteckten. Wenn wir etwas unsanft am Haar zerrten, sagte sie: „Au, au! Macht nichts, Hoffahrt muss leiden."

Über achtzigjährig sah sie immer noch hübsch aus, die zarte kleine Frau. Dennoch konnte sie im nächsten Augenblick sagen: „Ach, eigentlich möchte ich nun doch bald einmal sterben." Klara wollte das nicht gehört haben.

*

Emma, Klara und Bertha treffen im Buchwald nach ihrer Mutter Tod einen hageren Vater an, der meint, es sei gut, dass die Mutter habe gehen können, und sich still ausrechnet, dass auch seine Tage gezählt sind. Er leidet an Speiseröhrenkrebs und muss über eine länger dauernde Periode dreimal wöchentlich in das Spital Sankt Gallen zur Bestrahlung gebracht werden.

Ich sehe ihn, wie er am Tisch sitzt und die Bissen nicht mehr schlucken kann. Er würgt und hustet. Er besorgt sich Flaschen mit verschiedenen Heilsäften beim Naturarzt Doktor Vogel, der wenige Schritte über dem Buchwald seine berühmte Klinik führt. Als die Säfte nicht zu wirken scheinen, begibt sich der alte Vater in die Hände der Schulmedizin. In der Strahlenabteilung des Kantonsspitals Sankt Gallen treffen sich Mal für Mal die Schwergeprüften und man erzählt sich, wer aus dieser todgeweihten Gruppe neuerdings verschieden ist. Grossvaters Backpfeiflein, das er früher nach dem Essen gestopft und geraucht hatte, bevor er sich auf dem Sofa ausstreckte, bleibt unangetastet. In medizinischen Kreisen wird vermutet, dass das tägliche Pfeifenrauchen mit eine Ursache dieser Krebserkrankung sein könnte.

*

Der Buchwald soll verkauft werden. Zehn Jahre sind seit Grossvater Daniels Tod verflossen. Natürlich will ich sie diesmal begleiten, Klara braucht ihren Wunsch nur einmal anzutönen.

Wir ziehen am Glockenzug mit dem alten Messinggriff, der so wunderbar in die Hand passt. Nach nochmaligem Läuten, als sich abermals nichts im Hause regt, zieht Klara den grossen Hausschlüssel aus der Handtasche. Die Haustür ächzt. Zuerst ein Blick in die Buddick: ein Warenlager, vollgepfercht mit Säcken aus Emballage und Plastik. Wo sind die hölzernen Nagelkistchen, die Wasserwaage, der Fuchsschwanz und die Handsäge, die vielen Handbohrer aller Grössen, die früher in der lichtdurchfluteten Werkstatt des Dachdeckers ihren Platz hatten? Der neue Mieter des Buchwalds ist Futterhändler.

Wir klopfen an die Küchentür: Wirklich niemand da? Klara ist erstaunt, sie hat ihren Besuch doch angemeldet. Wir steigen die vier Treppen hoch ins Dachgeschoss, das Klara als ihre kleine Ferienwohnung beibehalten hat, ohne sie je zu nutzen. Vielleicht hat Ulrich doch Recht, wenn er auf dem Hausverkauf besteht. Klaras Argument dagegen war für den Advokaten nicht stichhaltig. Sie sagte: „Es stirbt etwas in mir, wenn ich den Buchwald hergebe." Er, zur Sache kommend: „Wer kümmert sich um die Hausrenovation?"

Wochenlang hat sie Pro und Contra abgewogen. Wäre sie jünger, würde sie den Buchwald sanieren. Hatte sie nicht damals mit viel Elan ein Sommerhaus aufgestellt, das ihre Sommerbleibe wurde? Heute jedoch fühlt sie sich der Aufgabe einer Bauherrin nicht mehr gewachsen. Der Advokat und der Futterhändler sind sich handelseinig geworden, die Handänderung des Buchwalds steht unmittelbar bevor.

Ein paar Andenken möchte Klara mit nach Zürich nehmen, sie öffnet den Küchenschrank: die Tassen und Frühstücksteller mit Goldrand, den porzellanenen Kaffeekrug mit Deckel, aus dem wir immer den Morgenkaffee tranken. Das schwarze eiserne Bratpfännchen für die Rösti, so leicht und handlich. Aus der Schlafkammer ein Oberleintuch mit Spitzenbesatz, vier Kissenbezüge mit Monogramm. Wir legen alles in eine Wäschezeine. Klara steuert in den offenen, durch einen Vorhang getrennten Estrich der Dachschräge, sucht nach ihren einstigen Kinderbüchern, eine Art Szenenbücher. Wenn man die Seiten auseinanderschlug, erstand eine Welt aus gefalztem und bemalten Karton, greifbar wie die Kulissen einer Theaterbühne. Auch ich erlag als Kind ihrem Reiz. Sie sind nicht mehr vorhanden.

„Die meisten Stücke des hundertjährigen Haushalts überlassen wir den neuen Hausbesitzern, nicht wahr, Mama?"

„Irgendwie", stösst Klara hervor, „hängt mein Herz an den Sachen. Nichts ist besonders kostbar, aber alles voller Erinnerungen." Sie ergreift das gläserne Doppelkörbchen für Salz und Pfeffer, das zu jeder Mahlzeit auf den Tisch kam, das Backpfeiflein des Vaters mit dem gewölbten Deckel aus glänzendem Metall, den er beim Anzünden des Tabaks über dem noch brennenden Streichholz zuklappte.

Ein einziges Mal während ihrer langen Ehe machte Klara im Buchwald Ferien, und sie nahm mich, ihre siebenjährige Tochter mit. Klara litt an einem nässenden Brustekzem mit roten Pusteln, die sich bis zum Hals hinauf ausbreiteten und die Mutter wie ein Panzer einschlossen. Wenn ich meine Hände darauf legte, war es darunter brandheiss. Klara deckte ihr Ekzem mit einem feinen weissen Leinentüchlein ab, so dass keine Erreger damit in Kontakt kamen und sich das Jucken nicht verschlimmerte. Wir schliefen in der himmelblauen Dachkammer. Klara sollte in der ruhigen Atmosphäre und der gesunden Luft des Buchwalds genesen. Der leckere, im Hause hergestellte Hagebuttengelee tat ein Übriges. Es waren seltene Buchwaldtage, die sich leider nie, niemals wiederholen liessen. Als wir per Eisenbahn nach Zürich zurückreisten, fühlte sie sich besser, und das Ekzem verschwand ebenso geheimnisvoll, wie es aufgetreten war.

Klara schaut jetzt ein letztes Mal durch die Schiebefenster auf den Säntis, nimmt Abschied. Ich spüre die Beklemmung, wünschte, wir wären schon gegangen. Ich trage die Wäschezeine voller Kleininventar ins Auto, während sich Klara Zeit lässt, um mit Frau Sommer, der Mieterin, noch ein paar Worte zu wechseln. Dann fahren wir ins Dorf hinunter. „Lass uns noch an das Grab gehen." Klara kennt die Stelle:

Daniel und Emma Frischknecht-Rechsteiner, hier ruhen sie.

 Zum Abschluss steuert Klara auf die Kirche zu. Über den leeren Holzbänken höre ich Grossmutters zittrige Stimme beim Absingen des Psalms. Grossvater war nie dabei. Klara ist auch keine Kirchgängerin, aber jetzt bleibt sie lange sitzen, schaut zum Chor, als ob dieser ein Geheimnis enthüllen würde, sagt: „Vielleicht geht es mir im Alter einmal nicht so gut." Sagt es zwei, drei Mal, schweigt lange dazwischen.

*

Komm mit!

„Dort, wo wir jeden Sommer hinfahren", erzählte ein Freund, zelten wir unter Pinien, drei Schritte vom Meer, wir leben wie die Zigeuner, brauchen weder warme Jacken noch hohe Schuhe, die Badehose ist unser Tenue."

Und er fährt fort: „Nun ist mir eine Bauparzelle des Grafen della Gherardesca angeboten worden. Sie liegt in den Dünen des Pinienwalds. Dieser steht unter Schutz, es werden nach 1968 keine Neubauten mehr erlaubt. Ein Kondominium von vier Häusern soll auf der Parzelle entstehen. Eines könnte ich euch abgeben."

Es brauchte nicht viel, um Klara für das Projekt zu gewinnen. Andere Schweizer verwarfen die Hände und beschworen das Gespenst eines kommunistischen Italien herauf. Die Toscana hatte eine kommunistische Mehrheit in der Regierung, und eben diesem Umstand schrieb es Advokat Ulrich zu, dass die Bauordnung und der auf das Jahr 1968 angekündigte Baustopp im Piniengürtel an der Küste vermutlich respektiert würde. Dass man sich auf den Vollzug der geltenden Gesetze womöglich eher verlassen könne. Klara reiste ans Tyrrhenische Meer, stieg auf den sandigen Hügel und liess sich vom Rauschen der Wellen davontragen. „Ja", sagte sie, „davon haben wir und unsere Nachkommen mehr als von irgendwelchen Bankpapieren." Ulrich doppelte nach: „Siena und

Florenz, Arezzo und Pistoia, die Etruskergräber von Populonia, alles in der Nähe, wir steigen ein."

Das ebenerdige Haus von 80 bis 100 Quadratmetern geriet einfach und in die Gegend passend. Es bot auch der Erbauerin selbst noch Gelegenheit, die Toscana und insbesondere deren Küche kennenzulernen. Ulrich ging auf ausgedehnte Märsche durch die Macchia in den Hügeln über der Alta Maremma, oft in Begleitung des Pfarrers von Bolgheri, der nach der ersten Kurve die Soutane abstreifte und in den knielangen Shorts weiterging. Nach drei Wochen Ferien drängte der Advokat nach Zürich, bis 85-jährig führte er seine Praxis. Klara hätte am liebsten nochmals drei Wochen angehängt.

Einmal stürzte sie, als sie die oberen Kajütenbetten frisch bezog, vom Stuhl und brach sich einen Rückenwirbel. Im Spital von Cecina wurde sie von Anna, unserer Hausbetreuerin, mit Essen sowie Essgeschirr, Frottiertüchern und Bettwäsche versorgt. Vor jedem Patienten sassen Verwandte oder Bekannte und sorgten für sein leibliches Wohl. Als ich anreiste, hatte man beschlossen, Klara einen Gips von den Schultern bis über die Hüften anzubringen, was ihr gestatte, sich täglich zu bewegen, so dass sie, in Anbetracht ihres Alters, das Gehen nicht verlerne. Klara, geschwächt durch das eine Stunde lange Stehen beim Eingipsen, dem ich beiwohnte, begann beim ersten Gang durch die Korridore zu fantasieren, redete durcheinander, wusste nicht, wo sie war. „Mama, was redest du?" Am folgenden Tag dann die Wende: „Keine Angst, meine Tochter, deine Mutter kommt schon wieder", sagte Klara in alter Zuversicht, und der Albtraum war vorüber.

*

„Komm mit", bittet mich Klara, als sie sich im hohen Alter für ihre letzte Italienreise vorbereitet. Es werden aus dem Aufenthalt nur wenige Tage. Klara findet sich, von ihrem Gebrechen gezeichnet, im Meerhaus noch weniger zurecht als in ihrer Zürcher Villa.

Schon seit längerem muss ihr Ueli bei allen Verrichtungen helfend eingreifen, manchmal verliert er die Geduld und wird laut. Seine Kinder lösen ihn an den Wochenenden ab. Stundenweise kommt eine Pflegerin ins Haus. Wieder fällt Klara hin, sie ist 86-jährig. Durch den Sturz, der einen Schenkelhalsbruch zur Folge hat, fällt das Glasgebäude in sich zusammen. Klara wird ins Spital und dann ins Erholungsheim eingeliefert. Als sie auch dort unbeaufsichtigt wieder hinfällt, wird ein Umzug ins Pflegeheim unausweichlich, von der jüngsten Tochter auf möglichst sanfte, aber überzeugende Art durchgesetzt. Zur Einweisung schreibt Ulrich einen Begleitbrief, dessen einziger Satz lautet: Diese Frau ist nicht krank.

Der allein in seinem Hause zurückgelassene Ehegatte findet sich nicht gut zurecht. Er hat Sorgen, vor allem um seine Frau, von der er sich hat trennen müssen. Ein vernünftiges Gespräch haben sie nicht mehr führen können, doch vertritt er die Meinung, dass ihre Vergesslichkeit nur ein kleiner Defekt sei, ein ganz kleiner, von dem sie sich womöglich wieder erholen würde. Klara erholte sich nicht.

„Es geht im Leben um die Dinge, die man nicht kaufen kann", dies war ein Grundsatz, den er jeweils am Familientisch in die Runde rief.

*

Ich bin ein Löwe!

Klara starb an einem Dezembermorgen 89-jährig. Am Vortag war festgestellt worden, dass ihr Schluckreflex ausfiel, was mich sehr beunruhigte, denn mein Vater würde wohl bis zuletzt versuchen, ihr ein Löffelchen Nahrung als Stärkung einzugeben. Ich machte mich sofort auf den Weg, und ihr Anblick tröstete mich einmal mehr. Keine Anzeichen eines Kampfes, sie atmete nicht schwer, nicht hastig. Ein Flämmchen, das langsam ausgehen würde. Meine mittlere Schwester kam, mein Bruder schaute herein, die Jüngste war schon da. Wir wechseltenn uns ab in der Krankenwache, es konnte noch Stunden dauern. Keine Ratschläge, wenig Worte, wenn wir uns im Sterbezimmer die Hand gaben.

Da lag sie, tags darauf, ihre Haut wies noch einen rosa Schimmer auf, fühlte sich noch ein wenig warm an. Die totale Stille. Noch einmal würde ich vor der Toten stehen, in der Aufbahrungshalle des Krematoriums Nordheim. Ihr Teint dann weiss wie Marmor, ihre schlanke Nase, ihre Backenknochen, ihre zarten Finger schienen gemeisselt, eine liegende Sarkophagfigur, eingelassen im Fussboden einer Seitenkapelle des Doms von Parma. Wir brachten die Vorlage in die Druckerei der *NZZ*, die Zeitung, die Klara täglich las, und noch am selben Abend holten wir die gedruckten Leidzirkulare ab und gingen ein paar Häuser weiter an die Vernissage einer Kunstausstellung von Klaras Enkel an diesem Dezembertag des Jahres 1995. Die Leidzirkulare baumelten in der Plastiktasche an meinem Arm.

*

Dein Tod, Mama, macht mich traurig. In meine Trauer mischen sich aber auch Gefühle von Nähe und Befreiung. Mein Vater hat dich an Lautstärke, an materieller und körperlicher Kraft, an Ansehen von aussen, aber auch innerhalb der Familie – das eine spiegelt sich ja im andern – übertönt. Das war nicht nur bei uns so, auch meine Jugendfreundin von der Zeppelinstrasse gestand, ihr Vater, Nähmaschinenvertreter, habe zu Hause das grosse Wort geführt. Und auch an der Zeppelinstrasse ärgerte sich die Tochter mehr darüber als ihre Mutter. „Du übertreibst", hast du mir entgegnet, wenn ich bei Dir Schützenhilfe suchte. Hast seine guten Seiten hervorgehoben, seine Unternehmungslust, seinen Familiensinn, seine Treue, seine Güte. Du verschwiegst, dass es uns zu viel gekostet hätte, seiner Maskerade Einhalt zu gebieten.

Weisst Du noch, was er dir zu deinem achtzigsten Geburtstag für ein Kompliment machte, Mama? „Meine liebe Klara hat ein Leben lang auf mich gewartet." Alle Familienangehörigen schweigen, nur eine rebellierte, deine älteste Enkelin. „Was soll denn daran gut sein?", rief sie aus, die gerade daran war, ihr

Leben in die eigenen Hände zu nehmen. Jemanden warten lassen heisst Macht ausüben, schrieb Franz Kafka. Der Vater hat uns alle warten lassen, mir kam die Galle hoch. „Eine Frau hat im Stillen zu wirken", war Dein Credo. Im Flüsterton kam es über Deine Lippen.

Freilich, mit Vater staunten wir den Walfisch mit seinen Kieferborsten an, der in seiner ganzen Länge von etwa zwanzig Metern beim Landesmuseum aufgebockt war. Wir marschierten über den Uetliberg ins Reppischtal hinunter, was mir als Städterin wie eine märchenhafte ländliche Oase vorkam. Wir gingen ans Pferdespringen auf der Hardwiese, zum Tennisspiel bei unseren Freunden in Küsnacht. An die Etrusker-Ausstellung im Kunsthaus und an jene von Picasso, dem er mit Spott begegnete. Es beflügelte meine Phantasie, ich möchte alle seine Unternehmungen nicht missen, aber dass er uns Frauen des Hauses „Weiberclub" nannte, kann ich ihm schwerlich nachsehen. Ich suchte nach einer ähnlich herablassenden Bezeichnung für die Männer, doch es fiel mir keine ein.

Für dich, Mama, will ich die Trauerrede halten. Wer wusste denn, dass du am Steilhang des Buchwalds die Heugabel schwangst und Kartoffeln ausgrubst? Wer hätte das später, als du alle Erde von den Füssen gestreift, deiner städtischen Erscheinung angesehen? Oder dass du auf deinem Rücken hundert oder mehr Hühnereier in die Stadt Sankt Gallen hinunter trugst und in der Schneiderwerkstatt der Mutter Dutzende Knöpfchen annähtest?

„Klara", werde ich in meiner Rede sagen, „gelangte von den Voralpen in die Stadt Zürich hinunter, in der ihr keine Schwelle zu hoch war und nichts so erstrebenswert wie das Zürcher Bürgerrecht, das sie und ihre heranwachsende Familie in mittleren Jahren erhielten." Welches wir Töchter bei unserer Heirat in den sechziger Jahren so leichtfertig wieder aus der Hand gaben, um dasjenige unserer Ehemänner anzunehmen. Eine rein formale Angelegenheit ohne weitreichende Konsequenzen, fanden wir. Du schütteltest wortlos den Kopf.

„Ich bin ein Löwe, was ich angefangen habe, führ ich zu Ende!", hörten wir von dir bei mancher Gelegenheit. Was gab denn dem Löwen die Kraft, die Ausdauer?

Waren es die kleinen Momente des Glücks, die du dir am Wegrand pflücktest? So zum Beispiel, wenn wir nach dem Essen zehn Minuten auf der Hollywoodschaukel an der Hausmauer sassen, ich neben dir, wir beide die Beine schlenkernd beim Wippen. Wenn du einen Blütenast vom Apfelbaum brachst und in die blaue Kugelvase einstelltest. Erst durch dich lernte ich überhaupt sehen, dass ein alter Apfelbaum tausendfach blühen kann, ich war schon zwölfjährig. Wenn du dir einen Schal überwarfst und geduldig zuhörtest, wie wir eine Schuhmannsche Kinderszene oder ein Impromptu von Schubert auf dem Bechstein spielten, dabei auch stockten und falsche Töne erwischten. Weisst du noch? Oder wenn du am Ufer des Mettmenhasli-Weihers das Tuch auswarfst und ein Picknick serviertest, der Boden konnte unbequem und holperig sein. Oder im Wald durch das trockene Herbstlaub gingst, das Rauschen anschwoll, dass es die Stimmen übertönte. „Grad so wie damals", sagtest du vergnügt und flogst in deine frühen Jahre zurück.

***

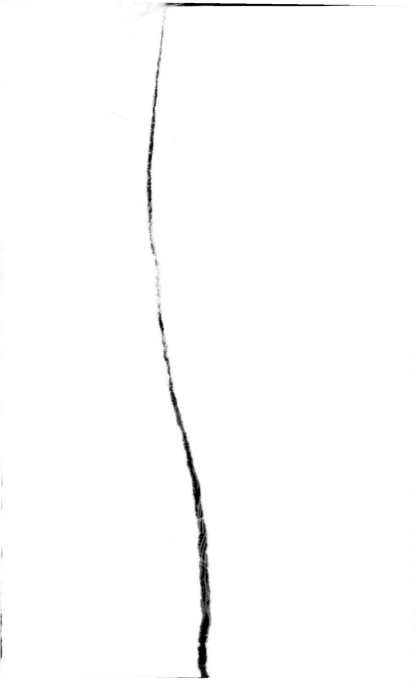

Ursina Gehrig wurde 1939 in Zürich geboren. An der Dolmetscherschule holte sie sich ihr sprachliches Rüstzeug, arbeitete als Übersetzerin und Lektorin, bevor sie in den Journalismus einstieg.
Sie schrieb sowohl über das Leben in ihrer Nähe als auch Auslandsreportagen für die *Neue Zürcher Zeitung, Die Weltwoche* und die *Schweizer Illustrierte*. Sie verfasste Beiträge für das Radio und ist Autorin des vom Rösler-Verlag, Augsburg, herausgegebenen Buches *Heisser Tee von Moskau bis Vladiwostok. Erlebnisse im Transsibirienexpress.* Ursina Gehrig lebt in Herrliberg bei Zürich, Schweiz.